U0910799

GUSTAVE FLAUBERT

Le dictionnaire des idées reçues

GUSTAVE FLAUBERT

庸见词典

Le dictionnaire des idées reçues

[法]
居斯塔夫·福楼拜
著

施康强
译

上海译文出版社

Gustave Flaubert
Le dictionnaire des idées reçues

图书在版编目（CIP）数据

庸见词典/（法）居斯塔夫·福楼拜（Gustave Flaubert）著；施康强译. —上海：上海译文出版社，2020. 6
ISBN 978-7-5327-7962-8

Ⅰ. ①庸… Ⅱ. ①居…②施… Ⅲ. ①长篇小说—法国—近代 Ⅳ. ①I565. 44

中国版本图书馆CIP数据核字（2020）第046422号

庸见词典 Le dictionnaire des idées reçues	Gustave Flaubert 居斯塔夫·福楼拜 著 施康强 译	责任编辑 周 冉 装帧设计 董茹嘉

Illustrations by Chaval，1966

上海译文出版社有限公司出版、发行
网址：www. yiwen. com. cn
201101 上海市闵行区号景路159弄B座
苏州市越洋印刷有限公司印刷

开本 787×1092 1/64 印张 4. 75 插页 6 字数 45,000
2022年3月第1版 2022年3月第1次印刷

ISBN 978-7-5327-7962-8/I·4898
定价：98. 00元

序言

Gustave Flaubert

Gustave Flaubert

说居斯塔夫·福楼拜是伟大的文体家，说他甚至是最伟大的法语文体家，还说，如果只能带一本书到一个荒岛上去，那本书便是《庸见词典》……

相信外国人羡慕我们拥有他，相信世界上没有更伟大的作者。

再补充：也没有更伟大的作家。

然后狡黠地问人，是否知道作者与作家的差别……

还说，这是我们最喜爱的作家，我们读过他所有的著作，其中没有不重要的。

忽然回忆起《萨郎宝》和它带给我们的奇妙感觉……然后想起《包法利夫人》，同情她，在晚间聚会将要结束时大谈特谈通奸问题。

最后回到《庸见词典》，信口议论这场对于人类的愚蠢发起的大讨伐，而居斯塔夫·福楼拜以其敏锐的、毫不留情的观察，成为此一讨伐的伟大组织者。

愉快地重读自以为熟悉的文字，却出乎意料，重新发现它具有一种现代性……

奇怪我们这个世界上的“东西”，人们的心理反应和先验观念很少改变。

借助阅读这本词典，发觉我们有属于自己的那一分可笑，我们对自己的文化传承及其小资产者根源深信不疑，紧抱不放……

我们嘴角含着微笑去品味他的某一简洁、概括的说法，同时庆幸我们自己不在其列，然后……发现事情未必如此……

为书中隐约可见的琐碎的法国历史而感动，它告诉我们，先人在他们短暂的一生中曾有过的困扰、癖好和“固定”观念。

纯粹为了好玩，尝试统计人的一生中发表了多少庸见（和老生常谈）。

把它们编成一本词典。

署名居斯塔夫·福楼拜。

达尼埃尔·普雷沃

Gustave
Flaubert

Abélard
阿伯拉尔[1]

不需要对他的哲学略知一二，甚至不必知道他的著作的标题。——悄悄暗示富倍尔对他动的手术。——阿伯拉尔与爱洛伊丝的坟墓。假如有人证明那个墓是假的，那就叫喊：“您使我幻想破灭。”

abricots
杏子

今年我们还是吃不到杏子。

Absalon
押沙龙[2]

假如他戴了假发，约押就不能杀了他。拿这个名字开玩笑，称呼秃发朋友。

absinthe
苦艾酒

有剧毒：喝一杯就致人死命。记者们写文章时喝它。贝杜因人杀死的士兵也没它多！

Académie française
法兰西学士院

诋毁它。不过，若有可能，努力成为它的一员。

accident
事故

总是“令人惋惜的”或“糟糕的”（好像人们本该觉得一桩不幸是一件开心事情似的……）。

accouchement
分娩

避免用这个词；用“事件”来代替它。“您

1 Pierre Abélard（1079—1142），法国逻辑学家、道德哲学家和神学家。他在担任巴黎圣母院议事司铎期间爱上爱洛伊丝，引诱她，并与她秘密结婚。爱洛伊丝的叔父富倍尔命人将他阉割之后，他退居圣德尼修道院，爱洛伊丝则在别处当了修女。后来他在塞纳河畔的诺尚创立帕拉克莱修道院（爱洛伊丝日后成为这家修道院的院长），自己当上另一家修道院的院长。相传他们合葬的墓在诺尚。

2 大卫王的儿子（公元前十世纪）。因异母兄弟暗嫩强奸了他的胞妹他玛，他为他玛复仇，杀了暗嫩，然后起兵反抗父王，兵败逃遁，因头发被橡树枝缠住，遂被约押杀死。事见《旧约·撒母耳记下》，第十三至十八章。

期待这个事件什么时候发生?”

Achille
阿喀琉斯[1]

加上“步履如飞”，这能让人以为你读过荷马。

actrices
女演员

良家子弟的灾星。极其淫荡，酒食无度，挥霍百万金如粪土。——对不起，她们中也有贤妻良母。

adieux
告别

谈到枫丹白露的告别[2]时，须语声哽咽。

adolescent
少年

在为学生颁奖仪式上发表演说时，总以

1 希腊神话中的英雄，特洛伊战争中希腊一方最勇敢、最英俊、最伟大的战士。
2 一八一四年拿破仑在枫丹白露宫首次宣告退位。

“诸位青春年少”（这是同义叠用）开头。

affaires (Les)

［复］事务；月经

高于一切。女人应该避免谈论自己的“事务”。是人生最要紧的东西。“这就是一切！”

agent

代理人，经纪人

淫猥用语。[1]

agriculture

农业

国家的两个乳房之一（国家是阳性名词，不过这没关系）。应该鼓励它。缺少劳动力。

ail

大蒜

杀死蛔虫，有壮阳效用。亨利四世[2]出生

1 此词可指任何激发、产生某一运动的事物。

2 Henri IV (1553—1610)，一五八九至一六一〇年在位，最得民心的法国国王。

时，人们曾用它摩擦其嘴唇。

air
空气

始终需要提防穿堂风。实际温度总与气温矛盾：如果气温偏暖，实际温度是凉的，反之亦然。

airain
青铜

古代的金属。

albâtre
白色大理石

用于描写女体最迷人的部位。

Albion
阿尔比恩[1]

总要冠以形容词：白色的、狡诈的、讲求实际的。拿破仑差一点就把它征服了。若要赞美它，则说“自由的英格兰”。

1 英国的别称。

Alcibiades
亚西比德[1]

因他的狗的尾巴而闻名。放荡的典型。与阿斯帕西娅有染。

alcoolisme
酗酒

一切现代疾病的原因。（参见 absinthe 和 tabac）

Allemagne
德国

总要冠以形容词“金发的”和“多梦的”。不过它的军事组织真厉害！

Allemands
德国人

多梦的（此语过时）民族。他们打败我们也不足为怪，我们还没有准备好！

1 雅典政治家（约前450—前404）。他的监护人伯里克利忙于政务，未能给他适当的教育。交际花阿斯帕西娅本是伯里克利的情妇。

ambitieux
野心家

在外省，指任何招别人议论的人。“我嘛，我可没野心！”其实是自私或无能。

ambition
雄心，野心

如果不是高尚的，在前面总要加上“疯狂的”。

Amérique
阿美利加，美洲

不公平的显例：是哥伦布发现了它，而它却得名于阿美利戈·韦斯普奇[1]。假如美洲没被发现，我们就不会有梅毒和葡萄根瘤蚜虫害。不过还是要赞美它，尤其如果你没到过那里。——拿自治做题目说上一通。

1 Amerigo Vespucci（1454—1512），与哥伦布同时代的意大利商人和航海家。在一五〇一至一五〇二年的探险航行中，他确认新发现的大西洋以西的土地不是亚洲的一部分，而是一个新大陆。

amiral
海军上将

总是英勇的。开口闭口都要骂声“见鬼”!

Androclès
安德鲁克勒斯[1]

谈到驯兽者时，引用安德鲁克勒斯的狮子的典故。

ange
天使

适宜出现在爱情和文学里。

Anglais
英国人

个个很有钱……

1 公元一世纪罗马的奴隶。相传他为了逃避主人的迫害，躲进一个山洞。有一头狮子走进洞内，向他举起一只红肿的爪子，他从狮爪上拔出一根大刺。后来他被人捉住，扔到竞技场里与野兽搏斗，那头感恩的狮子认出他来，非但不攻击他，反而与他拥抱。从此他获得自由。

Anglais

Anglaises
英国女人

奇怪她们能生出漂亮孩子。

antéchrist
反基督

伏尔泰、勒南[1]……

antiquité (et tout ce qui s'y rapporte)
古代（和一切与之有关的）

老一套，令人厌烦。

antiquités (Les)
［复］古董

都是近代仿造的。

aplomb
镇定，坚定；大胆，放肆

总要在后面加上“地狱般的”或在前面加

1 Ernest Renan（1823—1892），法国哲学家、历史学家、宗教学家，早年在神学院学习，一八四五年背弃天主教。他的《耶稣传》受到教会猛烈攻击。

上“厉害的”。[1]

appartement de garçon
（单身汉的）套房

总是杂乱无章，随处可见女人的小饰物。香烟的气味。应该能在那里找到一些不寻常的东西。

arbalète
弩

讲述威廉·退耳[2]故事的好机会。

Archimède
阿基米德

提到他，要说：“尤里卡[3]！给我一个支点，我就能撬起世界。”还有阿基米德的螺旋器，

1 法语的形容词一般放在名词后面，有时放在前面。
2 Wilhelm Tell，瑞士传奇英雄。相传他是十三世纪末到十四世纪初来自乌里郡比格伦地方的农民，因蔑视奥地利当局，被罚向放在儿子头上的苹果射箭。
3 eurêka，希腊语，“我发现了”的意思。阿基米德在一次洗澡时发现了浮力原理，高呼“尤里卡”。传说他说过“给我一个支点”云云。

Gustave Flaubert

arbalète

不过不必知道那是个什么东西。

architectes
建筑师

都是笨蛋。老忘了在房子里装楼梯。

architecture
建筑

只有四种柱式[1]。埃及式、蛮石式、亚述式、印度式、中国式、哥特式、罗马式等等当然不计在内。

argent
金钱

万恶之源。要说：Auri sacra fames[2]。白昼的神明（不要与阿波罗混淆[3]）。它被大臣称为薪俸，公证人称为酬金，医生称为酬劳，职员称为薪水，工人称为工资，仆人称为工钱。金钱带不来幸福。

1 古希腊的四种柱式：多立克、爱奥尼亚、科林斯和组合式。
2 拉丁语，对黄金神圣的饥渴。
3 阿波罗是神话里的白昼之神。

armée
军队

社会干城[1]。

arsenic
砷，砒霜

无所不在！——举拉法日夫人[2]为例——不过，有的民族竟然吃它！

art
艺术

把人引向济贫院。它有什么用处，既然可以用机器取代它，而且机器做得更好，更快？

artistes
艺术家；演员

全爱寻开心。赞扬他们不谋利（此语过时）。

1 干城（rempart），盾牌和城墙。汉语有“国之干城”的说法，可谓不谋而合。

2 Marie Lafarge（1816—1852），被控用砒霜毒死亲夫，一八四〇年判终身苦役，后被拿破仑三世赦免。

奇怪他们穿得跟大家一样(此语过时)。——挣的钱不计其数，但是挥金如土。常有饭局。女演员只能是娼妓。他们干的活不能叫工作。

aspic
蝰蛇

由于克娄巴特拉那篮无花果而出了名的动物。[1]

assassin
杀手

总是怯弱的，即便他表现得英勇大胆。其罪过不如纵火犯严重。

astronomie
天文学

美丽的学问。只对航海有用。顺便嘲笑占星学。

1 传说，罗马大将安东尼与渥大维争夺天下，在他兵败后，著名的埃及女王克娄巴特拉命侍女拿来一篮内藏毒蛇的无花果，把手伸进去，让蛇咬伤，中毒身亡。

athée

无神论者

“不信神的民族不可能久存。”

auteurs

作者

人们应该“熟悉自己喜欢的作者”，用不着知道他们的名字。

autruche

鸵鸟

消化石头。

avocats

律师

议院里律师太多。他们总是判断错误。对于口才不好的律师，可以说：“是的，不过他精通法律。”

B

Gustave Flaubert

baccalauréat
中学毕业会考

愤怒声讨！

badaud
闲人

所有巴黎人都是闲人，虽然巴黎居民中十有九成是外省人。在巴黎，没人干活。

badigeon （dans les églises)
（抹在教堂墙壁上的）石灰

愤怒声讨。此一艺术愤慨师出有名。

Bagnolet
巴尼奥莱[1]

因其盲人而闻名之地。

bague
戒指

戴在食指上甚是优雅。戴在大拇指上则过于东方化。戴戒指使手指变形。

bâillement
哈欠

必须说："请原谅，并非我烦闷，而是胃里有空气。"

B

Gustave Flaubert

baiser
吻

要说"拥抱"，这更得体。美妙的窃物。吻落在少女的额头，母亲的脸颊，漂亮女人的手上，儿童的脖子上，情妇的唇际。

ballons
气球

有了气球，人们最终能登上月球。——人们离操纵它的日子还远着呢。

bandits
盗匪

全是凶暴成性。

1 在巴黎东郊。

banquet
宴会

气氛始终坦诚融洽。人们带走最美好的回忆，人们分手时总不忘订下明年的聚会。爱开玩笑的该说：“人生宴席上不幸的宾客……”

banquiers
银行家

全是富翁。而且是阿拉伯人，贪婪如猞猁。

baragouin
不准确、听不懂的话

与外国人说话的方式。听到外国人说不好法语，总要笑他。

barbe
胡子

力量的标记。胡子太浓，头发就稀少。有利于保护领带。

barbiers
理发师

要说到剃头师傅，到费加罗那里去。路易十一的理发师。他们从前给人放血。[1]

bas-bleu
蓝袜子（女才子）[2]

用于任何对知识感兴趣的女人的贬称。引莫里哀为证："当她才情大发时"云云。

bases (de la société)
（社会的）基石

Id est[3]：财产，家庭，宗教——对权威的尊重。假如有人攻击它们，须表示义愤。

1　费加罗是法国作家博马舍（Pierre Augustin Carton de Beaumarchais，1732—1799）的戏剧《塞维利亚的理发师》和《费加罗的婚礼》等的男主角，世界文学史上不朽的形象。法国国王路易十一宠信其理发师奥里维·勒丹，委托他办理外交。旧时理发师兼为外科医生，给人放血治病。

2　源自英语 bluestocking，十八世纪中期伦敦一女子文学团体名"蓝袜社"（Blue Stocking Society）。

3　拉丁语，也即。

basilique
大教堂

“教堂”华丽的同义词。总是宏伟的。

Basques
巴斯克人

跑得最快的民族。

bataille
战役

总是血腥的。总有两个胜利者：出手的和挨打的。

bâton
棍棒

比剑更令人敬畏。

baudruche
牛、羊大肠或橡胶制的薄膜

并非仅用于制造气球。[1]

1 ballon de baudruche（薄膜气球），转义为“意志薄弱的人”。

bayadères
印度寺院舞女

此词令人想入非非。所有东方女人都在寺院里表演舞蹈。

Beethoven
贝多芬

不要读成 Bitovan（法语发音）。不过，听人演奏他的作品时，还是要如痴似醉。

bergers
牧羊人

全是巫师。有与圣处女[1] 交谈的专长。

bêtes
禽兽

啊！如果禽兽能言。有的禽兽比人还聪明。

Bible
圣经

世界上最古老的书。

1 即圣母马利亚。

bibliothèque
图书室，书房

家里总要有一间，尤其在乡居时。

bière
啤酒

不要喝它，喝了容易感冒。

billard
台球

高尚的游戏。乡居不可缺少。

blondes
金发女子

比棕发女子更风骚。（参见 brunes）

bois
树林

树林引人遐想。宜于作诗。秋天散步时，应该说："林中落叶满地"云云。

bonnes
女仆；保姆

全是坏的。[1] 现在找不到仆人了！

bonnet grec
（希腊式的）无边软帽，便帽

为闭门做学问者必备。使容貌显得威严。

bossus
驼子

聪明过人。备受浪荡妇人青睐。

botte
靴子

大热天时，千万别忘了提一句宪兵的靴子或者邮差的鞋子。只允许在乡下、户外穿它。只有穿上靴子才算足下生辉。

bouchers
屠夫

在大革命时期令人色变。

1 法语 bonnes 本义为“好的”。

bouddhisme
佛教

“印度的伪宗教。”（《布耶词典》第一版下的定义）

boudin
猪血香肠

家庭快乐的标记。圣诞夜必不可少！

bouilli
白煮肉

健康食品。与“浓汤”不可分离：“浓汤加白煮肉”。

boulet
圆炮弹

炮弹的呼啸足以令人失去判断力。

bourreau
刽子手

总是子承父业。

B

Gustave Flaubert

bourreau

Bourse (La)
交易所

舆论的晴雨表。

boursiers
领奖学金的学生

全是窃贼。

boutons
丘疹，脓包，青春痘

长在脸上或别处。健康和血气方刚的标记。不要设法去掉它。

braconniers
偷猎者

全是被释放的苦役犯。乡下一切罪行全是他们犯下的。理应引起众怒：“绝不手软，先生，绝不手软！”

bras
臂膀，胳膊

法国需要一条铁臂来统治。

Bretons
布列塔尼人

全是好人，但是太犟。

broche
用作首饰的别针

永远应该夹住一绺头发或一张照片。

brunes
棕发女子

比金发女子更风骚。（参见 blondes）

budget
预算

总是不平衡。

Buffon
布封[1]

戴着袖套写作。

1 Buffon（1707—1788），本名 Georges Louis Leclerc，法国博物学家，《自然史》的作者。

C

Gustave
Flaubert

cachet
图章；印记；特色

总要加上“独特的”。

cachot
牢房

总是可怕的。那里的草垫子总是潮湿的。从未见过可人的牢房。

cadeau
礼物

其价值与价格无关，或者说其价格不等于价值。礼轻情意重。

café
咖啡

令人聪慧。只有来自勒阿弗尔[1] 的才是好货。

——正式宴会上，应该站着喝。

——喝不加糖的很有气派，给人在东方生活过的印象。

C

Gustave Flaubert

cadeau

calvitie
秃发症

总是发生过早——原因是青年时代不知节制，或者思考宏大的问题。

camarilla
有势力的奸党

说这个词要咬牙切齿。

campagne
乡下

当乡下人比做城里人好：羡慕他们的命运。在乡下百无禁忌——脱下正装，恶作剧，等等。

canards
鸭子

全都来自鲁昂[2]。

1 Le Havre，法国与美洲贸易的最大港口。
2 Rouen，法国诺曼底省首府。

candeur
天真

总是可爱的。要么一派天真，要么丢得一干二净。

canonnade
炮轰

改变时代。

carabins
佩短枪的轻骑兵；医科学生

睡在尸体身边。他们中有人吃尸体。

carême
四旬斋，封斋期

实际上是一种卫生措施。

cataplasme
膏药

医生到来之前，总该先贴上一张。

catholicisme
天主教

曾促进艺术的繁荣。

cauchemar
噩梦

原因是胃里积食。

cavalerie
骑兵

比步兵高贵。

cavernes
山洞

盗匪栖身之所。总有数不清的蛇。

cèdre
雪松

植物园那棵雪松是藏在帽子里带回来的。[1]

1 巴黎植物园那株有名的雪松，据说其种子是藏在帽子里从海外带回来的。

célébrité
名流

名流！打听他们私生活最琐碎的细节，以便可以贬低他们。

célibataires
单身汉

疯狂，自私，放荡。应该抽他们的税。为自己准备凄凉的晚年。

censure
书报审查制度

是有益的！不管人家怎么说。

cercle
圈子

总该加入一个。

certificat
证书

家庭和父母的保障。总说赞扬话。

cérumen
耳垢

“人体的蜡”。不要挖掉它，因为它阻挡昆虫爬进耳朵。

chacal
豺

Shakos[1] 的单数形式（此语过时，但总能博人一笑）。

chaleur
炎热

总是无法忍受！大热天不要饮酒。

chambre à coucher (dans un vieux château)
（古城堡里的）卧室

亨利四世必定在那里住过一夜。[2]

1 法语，法国旧式筒状军帽，发音像是 chacal 的复数形式。
2 真真假假，城堡主人每以此夸耀。

chameau
骆驼

有双峰。单峰的叫 dromadaire. 或者：chameau 单峰，dromadaire 双峰。越说越糊涂。

champagne
香槟

隆重宴会的特征。一边假装在品味，一边说："这可不是葡萄酒。"引得平头百姓兴高采烈。"俄国消费它比法国还多!"法国的思想通过它传遍欧洲。——摄政时期[1]，人们一天到晚喝香槟。不是"喝"，而是"畅饮"。

champignons
蘑菇

只应该吃市场上买来的。

chanteurs
歌唱家

每天早晨吃一个生鸡蛋清嗓子。男高音出

1 一七一五至一七二三年，路易十五尚未成年，法国由奥尔良公爵摄政。

声总是温柔迷人，男中音有嘹亮悦人的发声器官，男低音声如洪钟。

chapeaux
帽子

对帽子的款式表示不满。

charcutier
熟肉商

人肉馅饼的故事。熟肉店老板娘无不是美人。

chartreux
查尔特勒修会的修士

毕生时间用于酿造查尔特勒甜酒，掘自己的墓穴，说："兄弟，人总有一死。"

chasse
狩猎

人们应该假装喜爱的绝佳体力活动。君主豪华排场的组成部分。官员为之癫狂。

chats
猫

猫是奸臣。管它们叫“客厅之虎”（有派头）。割掉它们的尾巴以防止作怪。

châtaigne
栗子

母的 marron。[1]

Chateaubriand
夏多布里昂[2]

尤以与其同名的烤牛排而闻名。

château fort
城堡

在威严的腓力[3]时代总被围攻。

1 法语中，栗子又叫 marron。châtaigne 是阴性名词，marron 是阳性名词。

2 François René de Chateaubriand（1768—1848），法国外交家，享大名的浪漫派作家。

3 Philippe II Auguste（1165—1223），法国国王腓力二世，号称威严的腓力。

cheminée
壁炉

总是冒烟。谈到取暖，是个好话题。

chemins de fer
铁路

假如拿破仑有铁路可用，他就不可战胜！对铁路的发明赞不绝口，要说："先生，在下今天上午还在某地，乘开往某地的火车抵达那里，办完了事情，等等，到某一钟点，就回来了！"

cheval
马

假如它知道自己的力量，就不会听人驾驭。

——马肉：对于渴望显示自己在思考严肃问题的人，是写小册子的好题目。

——赛马：鄙视！它有什么用？

chien
狗

专门为救护其主人而被创造出来。狗是"人的朋友"，因为它是人忠心耿耿的奴隶。

chirurgiens

外科医生

铁石心肠：管他们叫“屠夫”。

choléra

霍乱

吃甜瓜易患霍乱。大量饮用掺朗姆酒的茶能治愈。

christianisme

基督教

解放了奴隶。

cidre

苹果酒

蛀坏牙齿。

cigares

雪茄

烟草专卖局卖的，都是劣等货！好的只有走私来的。

cirage
鞋蜡

要它见效，只有自己动手擦。

clair-obscur
明暗对比；昏暗的光线

不知道它指什么。

clarinette
单簧管

吹它导致失明。例证：所有盲人都吹单簧管。

classiques（Les）
［复］经典作家

大家被假定为熟悉他们。

clocher de village
乡村钟楼

让人心跳。[1]

1 游子归来，首先望见的是村里教堂的钟楼。

clous

脓包

健康的标记。（参见 boutons）

clown

马戏团的小丑

从小就脱骱。

club

俱乐部

保守人士为之火冒三丈。对这个词的发音[1]大为困惑，争论不休。

cochon

公猪

其身体既然“与人体完全一样”，医院里应该用它来教授解剖学。

cocu

戴绿帽的

是女人都该让丈夫戴绿帽。

1 或照英语发音，或用法语读音。

cochon

coffres-forts
保险箱

其复杂的结构很容易打开。

cognac
干邑白兰地

能产生很坏的后果。对多种疾病有很好的疗效。饮一杯干邑绝无害处。空腹饮用，能杀死胃里的虫子。

coït, copulation
性交，交合

避免使用这两个词。要说："他们有过关系……"

colère
怒气

激发血液的活力；不时发怒有益健康。

collège: lycée
公立中学

比私立寄宿学校高贵。

colonies (Nos)
（我们自己的）殖民地

讲到它们时，要表示哀伤。

comédie
喜剧

诗体喜剧已不适合我们的时代。不过还是应该尊敬高尚喜剧。Castigat ridendo mores.[1]

comètes
彗星

嘲弄害怕它们的人。

commerce
商业

讨论工业与商业两者孰为高尚。

communion
领圣体

初领圣体：一生中最美妙的日子。

1 拉丁语，通过引人发笑而纠正风俗。

compas
圆规

目测准确，如同眼睛里有圆规。

concert
音乐会

高尚的消遣。

concessions
妥协

永不妥协。路易十六因为妥协亡国。

conciliation
和解

永远主张和解，即使双方势不两立。

concupiscence
色欲

神甫用这个词称呼肉欲。

concurrence
竞争

商业的灵魂。

compas

confiseurs
糖果商

鲁昂人全是糖果商。

confortable
舒适

现代的宝贵发现。

congréganiste
圣会成员或支持者

奥南骑士。[1]

conjuré
密谋者

密谋者总有将姓名登记造册的怪癖。

Conservatoire
音乐学院

必须购买音乐学院演出的常年票。

1　圣会是法国波旁王朝时期左右政局的宗教组织。奥南骑士是其活跃分子。

conservateur
保守派

大腹便便的政治家。“目光局限的保守派!”“是的，先生，唯其有局限，才能防止翻车。”

constipation
便秘

文人无不便秘。影响其人的政治信念。

contralto
次女低音

不知道它指什么。

conversation
交谈

话题应排除政治和宗教。[1]

1 我们曾有“莫谈国事”的戒条，不过法国人拿政治和宗教做话题的结果，无非是双方不欢而散，不如我们这里这么严重。

copahu

古巴香脂，苦配巴香胶[1]

假装不知其用途。

coq

公鸡

瘦男人总爱说，好公鸡没有肥的。[2]

cor aux pieds

脚上的鸡眼

预报天气比晴雨表还准。假如割不好，后患无穷。举出导致严重事故的实例。

cor de chasse

狩猎的号角

在树林里，或夜晚在水面上吹响，效果大佳。

1 从苦配巴树提炼的香脂，用于药剂、清漆、香料等。

2 瘦公鸡被认为是好的种鸡。

corde
绳子

人们不知道一根绳子的力量。比钢铁更结实。

cordonnier
鞋匠

Ne sutor ultra crepidam. [1]

corps
身体

一旦我们知道自己身体的构造，我们就动也不敢动了。

corset
女用紧身褡，紧身胸衣

防止怀孕。

1 拉丁语，不要去管鞋子以外的事情。源自一个拉丁典故：一名鞋匠当着画家的面妄加评论画作，招来画家的讥讽。外行休得强充内行。

Cosaques
哥萨克人

吃蜡烛。

coton
棉花

对耳朵尤其有益。

courtisanes
妓女

必要的恶。救了我们的女儿和姐妹（只要还有单身汉存在）。应予无情驱逐。由于她们站在马路上，我们不能带着妻子上街了。全都出身平民，被有钱的资产者引上邪路。

cousin
表亲

规劝当丈夫的提防小表亲。

couteau
刀子

刀锋长的，叫加泰朗[1]。曾用作凶器的，叫匕首。

crapaud
蟾蜍

雄性的青蛙。[2] 有剧毒。栖息在石头缝里。

Créole
克里奥尔人[3]

在吊床上过日子。

criminel
罪犯

总是穷凶极恶的。

1 catalan，源自加泰罗尼亚（Catalogne），西班牙东北部的一个地区。
2 法语 crapaud 是阳性名词，grenouille（青蛙）则是阴性名词。
3 安的列斯群岛等地的白种人后裔。

critique
批评家

总是“杰出的”。被认为无所不知，无所不晓，读过所有的书，见过一切。如果你讨厌他，管他叫阿里斯塔科斯[1]或阉人。

crocodile
鳄鱼

模仿儿童的叫声以引人走近。

croisades
十字军

仅对威尼斯的贸易有好处，有利。

crucifix
耶稣受难十字架

宜于安放在床头或断头台上。

1 Aristarchus（约前 215—前 143），古希腊文献校勘家、语法学家，亚历山大学派批评家，以严厉著称。

cuir
皮革

全都来自俄国。

cuisine
厨房；烹饪；菜肴

饭店的菜肴：总是引起便秘。资产者家里的：总是健康的。法国南方的：不是味道太浓，就是用油太多。

Cujas
居雅斯

与巴托尔不可分离。不知道他们写了什么，不过这无关紧要。对任何学习法律的人说："你关在居雅斯和巴托尔里头了。"[1]

curaçao
库拉索酒，加苦橙皮的甘香酒

以荷兰货为最佳，因为产自安的列斯群岛

1 Jacques Cujas（1520—1590），法国法学家，罗马法专家。巴托尔（Barthole）是其合作者。好比我们说："焦不离孟，孟不离焦。"

的库拉索岛[1]。

curiosités antiques
古董

全是现代产品。

cygne
天鹅

死前作悲歌。其翅膀能击断人的大腿。康布雷的天鹅不是一头鸟，而是一个叫费奈隆[2]的人。曼托瓦的天鹅是维吉尔[3]。佩萨罗的天鹅是罗西尼[4]。

cyprès
柏树

只长在墓地。

1 该岛属荷兰。

2 François de Salignac de la Mothe-Fénelon（1651—1715），法国作家、教育家，生于康布雷。

3 Publius Virgilius Maro（前70—前19），拉丁诗人，生于意大利曼托瓦。

4 Gioachino Rossini（1792—1868），意大利作曲家，生于佩萨罗。

czar
沙皇

读作“擦尔”，不时称他为“专制君主”。

D

Gustave
Flaubert

daguerréotype
达盖尔[1] 照片，银版照片

将要取代绘画。（参见 photographie）

Damas
大马士革

唯一能制造优质马刀的地方。凡是锋利的刀剑都产自大马士革。

dames
女士们

“为女士鞠躬尽瘁！”荣誉属于女士。绝不要说：“女士们在客厅里。”

danse
舞蹈

现在人不会跳舞，只会走路。

Danton
丹东[2]

“勇敢，勇敢，再勇敢！”

dartre
脱皮性皮疹

健康的标记。（参见 boutons）

Darwin
达尔文

那个说我们的祖宗是猴子的人。

dauphin
海豚

把儿童负在自己背上。[3]

débauche
放荡

独身者所有疾病的根源。

1 Louis Jacques Mandé Daguerre（1787—1851），法国画家和物理学家，最早的实用照相技术发明人。

2 Georges Jacques Danton（1759—1794），法国大革命时期的政治家。这句话是他的名言。

3 一个有名的故事，说有孩子溺水，海豚游过来相救，把他驮在自己背上。

Darwin

déchaîner
解除锁链；放纵

人们放纵不良习性如同解开狗链子。

D

Gustave Flaubert

décor de théâtre
（剧院的）布景

不是绘画。只消泼一桶颜料在画布上，然后用扫帚摊开：距离和照明造成幻觉。

décoration de la Legion d'honneur
（荣誉勋位团的）勋章[1]

拿它打趣，但是觊觎它。一旦到手，总要说本人没有谋求。

décorum
礼仪，排场

带来威望。激发民众的想象。“要讲排场，一定要讲！”

1 一八〇二年由拿破仑创立，一直颁发至今的法国国家勋章。有五个等级，用以表彰在各个领域有杰出建树的人士。

défaite
战败

战败——而且如此彻底，以至于没剩下一个人来报告消息。

défilé
关口

总要提及温泉关[1]。孚日山脉的关口是法国的温泉关(一八七〇年经常这么说)。

déicide
弑神

愤怒声讨之，虽然此罪不常见。

déjeuner de garçons
(单身汉的)午餐

要求有牡蛎、白葡萄酒和荤笑话。

1 Thermopylae，希腊地名。公元前四八〇年八月，希腊人和波斯人在温泉关激战，斯巴达国王莱奥尼达斯率领希腊军队在关口阻击南下的波斯军队。一八七〇年普法战争时，双方拼死争夺孚日山脉的关口。

délire
谵妄

诗歌中表现它的词句。

démêloir
粗齿梳子

梳掉头发。

Démosthène
狄摩西尼[1]

发表演说时嘴里总要含一颗石子。

dents
牙齿

苹果酒、烟草、糖衣杏仁和冰淇淋，以及张嘴睡觉和喝汤后立即饮酒，都能蛀坏牙齿。

——虎牙：拔掉它有危险，因为它与眼睛相关联。[2]

——拔牙“不好玩”。

1 古希腊政治家、演说家（前 384—前 322），传说他为纠正口吃，曾口含石子面向大海练习发音。

2 虎牙（dentœillère），从字面上看，与“眼睛”（œil）有关。

dentistes
牙医

全都说谎。用钢铁来抚慰人。大家以为他们也修脚。自称是外科医生，就像眼镜商自称技师。

dépuratif
净化药[1]

偷着服用。

député
众议院议员

当个议员，无上的尊荣！对众议院愤怒申斥。众议院里说废话的太多。——议员什么事情也不做。

dératé
飞毛腿[2]

跑得飞快，像长了飞毛腿。不必知道，从

1　此药用于排除体内毒素和垃圾。

2　按字面直译为“摘除了脾脏的”。据说，马摘除脾脏后能跑得更快。

没有人做过脾脏摘除手术。

Derby
德比[1]

赛马用语。非常有派头。

Descartes
笛卡儿

Cogito, ergo sum.[2]

désert
沙漠

出产椰枣。

dessert
饭后甜点

遗憾上甜点时不再唱歌。品行高尚的人蔑视它："不！不！不要糕点，绝不要饭后

1 德比本是英国传统马赛之一，得名于创办人第十二世德比伯爵斯坦利。此后许多马赛均称德比，于是德比泛称任何类型的马赛，乃至别的比赛。

2 拉丁语，我思故我在。法国哲学家笛卡儿（René Descartes, 1596—1650）的名言。

甜点。”

dessin (L'art du)
线描、绘画（艺术）

由三个要素组成：“线条，纹理，细腻的点画。此外，要有倾注力量的笔触。不过，说到倾注力量的笔触，只有大师做得到。”（克里斯朵夫[1]）

devoirs
义务

要求别人尽义务，自己不受约束。别人对我们有义务，但是我们对他们没有。

dévouement
忠诚

埋怨别人缺乏忠诚。“在这一方面，人不如狗！”

1 乔治·科隆（Georges Colomb, 1856—1945），艺名克里斯朵夫（Christophe），法国作家、画家，提倡以素描育人。

diamant
钻石

最终会人工制造出来！真想不到它其实是煤炭！假如你碰上一块天然状态的钻石，你不会把它捡起来的。

Diane
狄安娜

狩猎与守贞女神。[1]

dictionnaire
词典

要说："是供无知者使用的。"

dictionnaire de rimes
（诗韵）词典

用它吗？丢人！

1　这里有个文字游戏。先说 chasse（狩猎），听者以为语意已尽，接下去说 teté，于是这个词变为 chasteté（贞节）。

Diderot
狄德罗

后面总是跟着达朗贝尔[1]。

Dieu
上帝

伏尔泰本人说过："假如上帝不存在，也要把它发明出来。"

dilettante
音乐爱好者，文学艺术爱好者

有钱，有歌剧院的年票。

diligences
驿车

怀念驿车时代。

dîner
晚餐，正餐

从前在中午用正餐。现在用正餐不拘任何

1 Jean Le Rond d'Alembert（1717—1783），法国哲学家，作为《百科全书》的编撰者与狄德罗齐名。

D

Gustave Flaubert

dilettante

时间！我们父辈的正餐是今天的午餐，我们的午餐是他们的正餐。晚餐吃得那么晚，不叫晚餐，改称“消夜”了！

Diogène
第欧根尼[1]

“我在寻找一个人……”“别挡住我的阳光。”

diplomatie
外交

前程远大，但是艰难重重，充满神秘。只适合贵族。含义模糊的职业，但是不同凡响。外交官无不机敏、有洞察力。

diplôme
文凭，证书

学问的标记。什么也证明不了。

1　公元前五世纪的希腊哲人。传说他曾中午提着灯在雅典的街上行走，人家问他为什么，他说：“我在寻找一个人。”亚历山大大帝问他需要什么，他说：“别挡住我的阳光。”

D

Gustave Flaubert

Directoire
督政府时期[1]

督政府时期的耻辱！“那个时期，只有军队还保全荣誉。”那时候，巴黎的妇女赤身裸体走在大街上。

dissection
解剖

亵渎死亡的尊严。

diva[2]
著名女歌唱家

所有女歌唱家都应该叫做“女神”。

divorce
离婚

假如拿破仑不离婚，他不会失去皇座。[3]

1 法国一七九五至一七九九年间，以腐败闻名。

2 源自意大利语，女神。

3 一八〇九年，拿破仑与约瑟芬皇后离婚。

Dix (Le Conseil des)

十人（会议）[1]

不知道它究竟干些什么，只知道它令人畏惧！他们戴着面具讨论。——今天仍令人谈之色变。

djinn[2]

神怪，神灵

一种东方舞蹈的名称。

docteur

大夫

总要在前面加个“好”字——而在男人之间无拘束交谈时，加上“操他的”：“啊！操他的，大夫。”假如你信任他，他便是雄鹰；假如你跟他不和，他只是蠢驴。——统统只追求物质享受！“因为他们在手术刀底下找不到信仰。”

1 十四世纪起建立在威尼斯的秘密法庭，负责国家安全，拥有无限权力。

2 源自阿拉伯语。

doctrinaires
空谈派

蔑视他们。为什么？谁也不知道缘由。

document
文件

总是头等重要的。

doge
威尼斯总督

与大海结婚。人们只知道其中一位：马里诺·法列罗。[1]

doigt
手指

上帝无处不插手。

1 威尼斯总督在就职仪式上要将一枚戒指抛向大海，象征性地与大海结婚。法列罗家族出了三名威尼斯总督。马里诺·法列罗（Marino Faliero, 1274—1355），曾任十人会议主席，一三四五年当选总督。他在民众支持下武力反抗贵族政府，被捕遭处决。

dolmen
石棚，石桌

与古代法国人有关。德鲁伊特祭司用于祭神的石头。仅见于布列塔尼。除此以外，人们一无所知。

dôme
圆顶

建筑学的壮举。奇怪它不需要支撑。举两个实例：荣军院[1] 和罗马圣彼得大教堂。

domicile
住宅

总是不容侵犯的。不过司法机关和警察想进就进。——我回老窝。我回到灶神爷身边。[2]

dominos
多米诺骨牌

喝得越醉，玩得越好。

1 巴黎荣军院的镀金圆顶最为法国人称道。
2 “回老窝”和“回到灶神爷身边”等于说“回家”。

dompteur de bêtes féroces
驯兽师

有淫癖。[1]

donjon
城堡主塔

勾起凄惨的想法。[2]

dormir (trop)
睡得太多

导致血流不畅。

dortoirs
集体寝室

总是宽敞、通风良好的。比小房间更利于培养学生的品行。

dos
背

在人背上击一掌，可能使他得肺病。

1 暗示他们进行兽交。

2 城堡主塔常是犯罪场所。

douane
海关

应该反抗它——和偷漏税金。(参见 octroi)

douleur
痛苦

总有好的效果。真正的痛苦总是不外露的。

doute
怀疑

比否定更坏。

drap
呢绒

所有呢绒都是埃尔伯弗[1]产品。

drapeau national
国旗

见到它就心跳加快。

1 Elbeuf,在法国诺曼底地区,呢绒制造业中心。

droit
法律，权利

不知道它是什么意思。

drôle
滑稽的，好玩的，逗乐的

在任何场合都应该说："真逗。"

duel
决斗

猛烈抨击之。不是勇气的证明。与人决斗过就有了威望。

dupe
受骗者

与其受骗，不如骗人。

Dupuytren
迪皮特伦[1]

因其油膏和博物馆而闻名。

dur
坚硬

无一例外要加上“如铁”。也可以说坚硬“如石”，不过不够有力。

1 Guillaume Dupuytren（1777—1835），法国外科医生、病理学家。巴黎一所博物馆以其遗赠建成，以其姓氏命名。参见 musée。

Gustave
Flaubert

eau
水

巴黎的水喝了会肚子痛。海水有浮力。古龙水有香味。

ébéniste
细木工

主要加工桃花心木的工人。

échafaud
断头台

当你登台时，设法在死前说几句漂亮话。

écharpe
绶带

有诗意。

échecs (Jeu des)
象棋

军事谋略的形象。伟大的统帅无不精于此道。作为游戏，它太认真；作为科学，它分量太轻。

écho
回声

举先贤祠和讷伊桥的回声为例。[1]

éclectisme
折衷主义

把它当作一种不道德的哲学，猛烈抨击它。

Ecoles
名牌专科学校

综合工科学校：所有母亲的梦想(过时了)。一旦获悉综合工科学校学生同情工人，资产者便怒不可遏(过时了)！简单说“学校”，让人以为你是校友。圣西尔：贵族子弟。[2] 医科学校：全是狂热派。法科学校：良家子弟。

1 巴黎先贤祠是安放名人遗骸的地方，有高大的穹顶。讷伊桥在巴黎市区西北部，跨塞纳河，连接隔河的讷伊。

2 法国各综合大学，包括巴黎大学在内，其威望不如名牌专科学校。综合工科学校培养工程师。圣西尔是军校。

économie

节约

总要带上“条理”。节约和处事有条理带来财富。引用拉菲特在银行家佩雷戈的院子里捡起别针的故事。[1]

économie politique

政治经济学

不讲良心的学问。

écrevisse

虾

倒退行走。总把反动派叫做“虾”。

écrire

写字

Currente calamo[2]，用于辩解拼写错误或用词不符合文体。

1 拉菲特（Jacques Laffitte，1767—1844），法国银行家、政治家，先在佩雷戈（Jean-Frédéric Perregaux，1744—1808）的银行当职员，后来当合伙人和继承人，后任法兰西银行总裁、财政大臣、总理大臣等要职。

2 拉丁语，草草不恭。

écrit, bien écrit
写得好

门房用此语称赞读来开心的连载小说。

écriture
笔迹

写得一笔好字，走遍天下都不怕。字迹不可辨认：学问的标记。例如：医生的处方。

écume de mer
海泡石[1]

长在地上。用来做烟斗。

édiles
市政官员

猛烈抨击街道铺砌不平。“市政官员们想什么去了？”

1 字面意思是“海的泡沫”。

égoïsme
自私

抱怨别人自私，不觉察自己的自私。

éléphants
大象

记性特别好，喜爱晒太阳。

émail
珐琅

其制造秘诀已失传。

embonpoint
发福

财富与懒惰的标记。

émigrés
流亡国外者

以教授吉他和做色拉为生。

E

Gustave Flaubert

éléphants

émir
埃米尔[1]

只用于阿卜杜卡迪尔[2]。

empire
帝国

“帝国带来和平。”（拿破仑三世）

enceinte
围墙；关闭的大厅

宜用于演说词。将其纳入隆重的演说。“先生们，在这个关闭的大厅里……”

encrier
墨水缸

当礼物送给一个医生。

1 阿拉伯语原意为“统帅”或“王公”，后也指酋长、王子、亲王。
2 Abd-el-Kader（1808—1883），阿尔及利亚的酋长。他领导反抗法国入侵的战斗，创建了现代国家。

Encyclopédie (L')
狄德罗与达朗贝尔编的《百科全书》

怜悯它是一部洛可可风格的著作，置之一笑，甚而猛烈抨击它。

enfants
儿童，子女

装出对他们怀有脉脉柔情——在公开场合。

engelure
冻疮

健康的标记。起因于受冷后骤然遇暖。

enterrement
埋葬

关于死者："一星期前我还跟他一起吃饭呢!"死者若是将军，叫葬礼；若是哲学家，叫入土。

enthousiasme
热情

只有在皇帝的骨灰回归故土时才被激发。[1]总是无法描述，而且占了报纸上整整两栏篇幅。

entracte
幕间休息

总是太长！

envergure
帆幅；翼展

争论这个词的发音。

épacte. nombre d'or. lettre dominicale.
岁首月龄。[2]黄金分割数。主日字母。

在日历上——不知道它是什么意思。

1　一八四〇年，拿破仑的遗骸从流放地圣赫勒拿岛运回法国，安葬在荣军院。

2　历法专用名词，指新月先于一月一日岁首的日数，是历法推算的依据之一。

épargne (Caisses d')
储蓄箱

仆人盗窃的机会。

épée
剑

只知道达摩克勒斯[1] 的剑。怀念佩剑的时代。“跟他的剑一样勇敢。”有时候从来没有用过。

éperons
马刺

配上靴子正合适。

Epicure
伊壁鸠鲁[2]

蔑视他。

1 Damocles，根据西塞罗的记载，达摩克勒斯是公元前四世纪叙拉古僭主大狄奥西尼奥斯的佞臣。狄奥西尼奥斯设盛宴，邀他入座，在他头顶用细丝悬挂一把出鞘的宝剑，以此表示大权在握的人往往朝不保夕，如他当前的处境一样。

2 古希腊哲学家（前 341—前 270），他的学说常被歪曲为一味追求感官享乐。

épinards
菠菜

清扫肠胃。绝不要忘了引用普律多姆[1]的名言："我从不吃菠菜，我这样很舒坦，因为如果我喜欢它，我就会吃，可我不能忍受它。"（有的人觉得这完全合乎逻辑，不会听了发笑）

époque (La nôtre)
我们的时代

猛烈抨击。抱怨它已毫无诗意。管它叫过渡时代，或颓废时代。

épuisement
筋疲力尽

总是过早发生。

équitation
马术

很好的减肥运动。例如：所有骑兵都是瘦

1 Prudhomme，法国作家、漫画家、戏剧家亨利·莫尼埃（Henri Monnier，1799—1877）创造的人物，平庸、自满的资产者的典型，爱用教训人的口吻说蠢话。

子。很好的增肥运动。例如：所有骑兵军官都有大肚子。——“他一上马，就与马合为一体。”

ère (des révolutions)
革命时代

总在进行过程中，既然每届新政府都许诺要结束它。

érection
树立

仅在讲到纪念碑时使用。[1]

érudition
博学

视作思想狭隘的标记而蔑视它。

escrime
剑术

剑术教练各有绝招。

1 否则会被理解成“勃起”。

escrime

escroc

骗子

总在上流社会出现。

esplanade

广场

仅见于荣军院。[1]

esprit

才智，才子

总要加上“闪闪发光”。满街走。才子所见略同。

estomac

胃

一切疾病来自胃部。

étagère

多宝柜

漂亮女人必备。

1 此词未见用于别的同类广场。

étalon

种马

总是强壮的。对于小女孩，是比一般马更大的马。女人不应该知道种马与马的差别。

été

夏天

总是奇热。(参见 hiver)

éternuement

打喷嚏

事后要说："天主保佑您"，然后讨论此一习俗的历史起源。

étoile

星

如同皇帝[1]，人各有自己的命运之星。

1　用定冠词且第一个字母大写（l'Empereur），特指拿破仑。他相信自己受命运之星的支配。

étranger
外国

迷恋所有来自外国的事物：自由思想的证据。贬斥所有不是法国的事物：爱国主义的标记。

étrusque
伊特鲁里亚[1]的

所有古瓶古罐都是伊特鲁里亚制造的。

étymologie
词源

懂拉丁文，再动点脑子，马上就能找到。

eunuque
阉人

怒斥西斯廷小教堂使用阉人歌手。[2]

1 Etruria，意大利古地区名。
2 阉人歌手能达到比女高音更高的音域。

Evangiles
福音书

神圣崇高之书，等等。

évidence
明显的事实

使人睁不开眼——当它不刺破你眼睛的时候。[1]

exaspération
盛怒

总是到达极点。

exception
例外

说它印证规则。[2] 不要冒险去解释为什么。

exécutions capitales
死刑

抱怨前去观看行刑的妇女。

1 法语习惯说法：事实如此明显，如强烈的光线使人睁不开眼，或刺破人的眼睛。

2 法语成语：例外印证规则。

exercices
锻炼

能防百病。总是劝人多做。

expirer
到期

指的总是报纸订阅。

exposition
展览会

十九世纪令人癫狂的事情。

extinction
消灭

仅与贫穷连用。

extirper
连根拔除

此一动词仅用于异端邪说和脚上的鸡眼。

Gustave Flaubert

fabrique
工厂

与之为邻有危险。

facture
账单

总是数额太大。

faïence
釉陶

比瓷器更有派头。

faisan
野鸡

端上餐桌很有派头。

faisceaux
枪堆

需要架起来，是国民卫队最难的操练科目。

fanfare
军乐队

总是欢快的。

farce
恶作剧

有女士做伴去乡下游玩时，当优为之。

fard
脂粉

损伤皮肤。

fatalité
宿命

专一的浪漫用语。命定要碰上的男子：指长了毒眼的人。[1]

faubourgs
近郊

在革命时期很恐怖。[2]

1 迷信认为，被长“毒眼”的人看见会倒霉。
2 穷人多居住近郊。

faute

错误

“这比罪行更糟糕，这是个错误。”（塔列朗[1]）“你再也没有错误可犯了。”（梯也尔[2]）说这两句话时要做深沉状。

faux-monnayeurs

伪币制造者

总是在地道里工作。

faux râtelier

假牙

第三代牙齿。留心别在睡着时咽下去。

félicitations

祝贺

总是衷心的、热情的、诚挚的，等等。

1 Charles Maurice de Talleyrand-Périgord（1754—1838），法国政治家，一生中不断改变政治立场。

2 Adolphe Thiers（1797—1877），法国政治家、历史学家。

F

Gustave Flaubert

félicité
至福、极乐

总是完美的。府上的保姆叫“至福”，所以她是完美的。[1]

femelle
雌的、母的

仅用于动物。与人类的情况相反，雌性动物没有雄性的漂亮。例如：雄雉、公鸡、雄狮等等。

femme
女人

相反性别的人。亚当的一根肋骨。不要说“我的女人”，而要说“我的夫人”，或者说得更好：“我的另一半”。

femmes de chambre
贴身女仆

比她们的女主人漂亮。知道女主人所有的

1　法语中，此词总是与“完美的”连用。福楼拜小说《淳朴的心》的女主人公，一位保姆，就叫“至福”。

秘密，而且泄露。总是被少爷奸污。

féodalité
封建制度

不清楚它指什么，但是要猛烈抨击。

ferme
农庄

参观一家农庄时，应该只吃麸皮面包，只喝牛奶。假如还有鸡蛋招待，要惊呼："天哪！多新鲜呀。城里不可能找到这样的。"

ferme（adjectif）
坚定的（形容词）

总要说"坚如磐石"。

fermé
封闭的

总要加上"严密"。

fermier
农场主

总叫他：某某师傅。农场主都很惬意。

feu
火

净化一切。一听到有人喊“救火啊”，应该顿时惊慌失措！

feu (adjectif)
先人，已故的（形容词）

每逢有人说“先父”，大家脱帽致敬。

feuille de vigne
葡萄叶

雕塑艺术中男性生殖力的表征。

feuilletons
连载小说

世风败坏的原因。争论可能的结局。给作者写信出点子。大发雷霆，如果发现其中有个人的姓名与自己的一样。

fidèle
忠实的

总是与“朋友”和“狗”连用。毋忘引用两句诗：“是的，既然我找回如此忠实的朋友/我的财富……”

fièvre
发烧

血气旺盛的证据。起因为李子、甜瓜、四月的太阳，等等。

Figaro (Le mariage de)
费加罗（的婚礼）

大革命的起因之一！[1]

figure
面容

面容俊俏是最有效的护照！

1 法国作家博马舍的名剧《费加罗的婚礼》传播了平民反抗贵族的思想。

fille
女孩

少女。——别让她们接触任何书籍（怯生生说出这个词）。

flagrant délit
当场抓获

要念成 flagrante délicto[1]。仅用于捉奸。

flamant[2] (oiseau)
火烈鸟

因其来自佛兰德而得名。

flatteur
阿谀奉承者

别忘了引用：“可憎的奉承者，最不祥的礼物——上天的盛怒给帝王们的礼物！”或者：要知道，凡奉承者都靠受用者供养。

1 拉丁语。
2 此词源自拉丁语 flamma（火焰），其发音同 Flamand（佛兰德人）。

flegme
冷静，沉着

好样的，而且有英国气派。总要加上“不可动摇的”。

fœtus
胚胎

任何保存在酒精里的解剖标本。

folliculaires
蹩脚记者

指记者。如果加上“下等的”，则表示最大的蔑视。

fonctionnaire
公务员

令人起敬，不管他行使什么公务。

fondement
根据

所有新闻都缺少它。

F

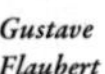

fonctionnaire

fonds secrets
秘密基金

其数额无法计算，大臣们用它来收买良心。愤怒谴责。

forçats
苦役犯

都是一副凶相。全是巧手。苦役场里有天才。

force
力量

总是“海格力斯[1] 一般的”。强权胜于公理（俾斯麦）。

Fornarina
福尔纳里娜[2]

是个大美人。不必知道更多。

1 Heracles，希腊神话里的大力士。
2 十六世纪罗马一个面包师的妻子，拉斐尔的情妇、模特儿。

fort
强壮的

强壮如土耳其人，如公牛，如马。如海格力斯。这男子必定很强壮，他一身腱子肉。

fortune
财富

Audaces fortuna juvat.[1] 富人是幸福的，他们有钱啊！听人谈起某人的百万家私，别忘了说："是的，不过那靠得住吗？"

fossettes
酒窝

对一个漂亮女子总要说，她的酒窝里住着一对小爱神。

fossiles
化石

有过洪水时代的证据。用在一位学士院院士身上，是个雅谑。

1 拉丁语，财富属于大胆者。

foudres du Vatican
梵蒂冈的雷霆[1]

置之一笑！

foulard
领巾

用来擤鼻涕，是“举止得体”。

foule
人群

其本能总是正确的。

fourchette
叉子

总应该是银质的，可减少危险。应该左手执叉，这更方便，而且更有派头。

fourmis
蚂蚁

在规劝挥霍财富者时，可引作好榜样。由

1 指逐出教会，开除教籍。

之产生创立储蓄银行的想法。

fourrure

裘皮

财富的标记。

foutre

操

此词仅用于说粗话，也许连粗话也不是！(参见 docteur)

Français

法国人

世界上为首的民族。“只不过多了一个法国人，”阿图瓦伯爵[1]说过。——啊！做个法国人有多自豪。——当你望着纪念柱的时候！

1 最后一位阿图瓦伯爵是后来的法国国王查理十世（一八二四至一八三〇年在位）。

Français

franc-maçonnerie
共济会

又是大革命的起因之一！入会考验甚是可怕——有人因此丢了性命。家庭争执的原因。教会人士不待见他们。“他们能有什么秘密?”

franc-tireur
自由射手；游击队员；行事随心所欲者

比敌人更可怕。

frauder
偷税漏税

偷漏入市税不是欺骗，而是机智和政治独立性的证据。

fresque
壁画

现在无人制作。

fricassée
烩肉块

只有乡下做得好。

friser, frisure
卷发，发卷

男子不宜。

froid
寒冷

比炎热更有利健康。

fromage
奶酪

引用勃里亚-萨瓦林[1] 的名言："一顿正餐不上奶酪，好比美人缺了一只眼睛。"

front
前额

宽广脱发的前额：天才和沉着的标记。

frontispice
建筑物的主立面

宜用伟人雕像装饰。

1 Anthelme Brillat-Savarin（1755—1826），法国作家、美食家。

Gustave Flaubert

fruste
粗野的

凡是古代的都是粗野的，凡是粗野的都是古代的。在购买古玩时，最好提醒自己。

fugue
赋格

不知其所指，但是应该断定它很难——而且很烦人。

fulminer
咆哮如雷

漂亮的动词。

furie française
法国的复仇女神

一定要念作 furia francese[1]。

fusil
步枪

乡居必备一支。

1 意大利语。

fusillade
齐射

让巴黎人闭嘴的唯一方法。

fusiller
枪决

比用断头机更高尚——蒙此恩惠者的喜悦。

fusion (des branches royales)
王室各支系的融合

总要盼望它成功！

G

Gustave Flaubert

gagne-petit

收入低微的，谋求薄利的

商店的好招牌，能使顾客放心。

gaieté

快乐

总要加上“疯狂的”。[1]

galant homme

看重荣誉、端庄、高尚的男子

根据情况，要读成 galantuomo 或 gentleman。

galbe

（身体或艺术品的）轮廓、线条

观赏任何一尊雕像时，要说“线条优美”。

galets

卵石

从海边带回来。

gallophobe
敌视高卢的，敌视法国的

讲到德国记者时用此词。

gamin
顽童

总要加上“巴黎的”。[2] 无不机敏。绝不要让自己的妻子说：“我一开心，就喜欢装顽童。”

gants
手套

戴上就显得正派。

garde-côte
海岸巡逻艇；海岸警卫

绝不要用此词的复数来说女人的乳房。[3]

1 相当于“乐疯了”。
2 雨果《悲惨世界》里的加弗罗什是“巴黎顽童”不朽的形象。
3 garde 意为“保卫”，côte 兼有“海岸”和“肋骨”两种意思。

gares de chemin de fer
火车站

对之赞叹，视作建筑楷模。

gauchers
左撇子

击剑高手。比用右手的人灵活。

gendarmes
宪兵，警察

社会干城。

gendre
女婿

贤婿啊，一刀两断了！

génération spontanée
自然发生[1]

社会主义者的想法。

1 在巴斯德发现细菌前流行一种学说，认为某些有机体借助物质自身的力量能自发产生。

général
将军

总是英勇的。通常担任与他们的身份无关的职务，如大使、市议会议员或政府首脑。

génie
天才

仰慕它没有用，那是“一种神经病”！

génovéfain
热内维埃夫圣会传教士

不知其所指。

genre épistolaire
书简体

专供女人运用的文体。[1]

gentilhomme
绅士

已成绝响！

1 塞维涅夫人（Marie de Rabutin-Chantal，marquise de Sévigné，1626—1696）的《书信集》是此一体裁的杰作。

géomètre
几何学家

“非几何学家莫入。”

giaour
邪教徒[1]

恶狠狠的说法，其义不明，但知道与东方有关。

gibelotte
白葡萄酒烩肉块

用的总是猫肉。

giberne
子弹夹

法国元帅权杖的套子。[2]

gibier
野味

加了辛辣调料才可口。

1 这是土耳其人对非伊斯兰教徒的蔑称。
2 误会或故意歪曲俗话：元帅的权杖就在士兵的子弹夹里。

Gustave Flaubert

gibelotte

girafe
长颈鹿

不忍心说一个女人像骆驼时，用此词比较客气。

Girondins
吉伦特派[1]

更应怜悯而不是斥责。

glaces
冰块

食用有危险。

glaciers
玻璃镜子制造商

全是那不勒斯人。

glèbe
耕地

怜悯耕地的劳作。

1 法国大革命时期的温和派，其成员中不少人被雅各宾派送上断头台。

G

Gustave Flaubert

globe
球体

女人乳房的婉转说法。“让我亲吻您那对迷人的球体。”

gloire
光荣

仅是过眼烟云。

Gloria
《荣耀归主颂》

唱《荣耀归主颂》必有安慰。[1]

Gobelins (Tapisserie des)
戈布兰挂毯[2]

巧夺天工的作品，耗时五十年织成。见到它要惊叹：“比绘画更美！那工匠自己不知道这有多神奇。”

1 《荣耀归主颂》以“荣耀归主”开始，在弥撒进行时唱奏；它的另一个意思是“掺有烧酒的咖啡”，因为唱完可喝上一杯。

2 巴黎戈布兰王家工场的挂毯精美绝伦。

goddam
〈英〉该死的

如同博马舍说过的，“这是英语的根底。”随后冷笑，以示轻蔑。

God save the king
〈英〉上帝保佑吾王

贝朗瑞[1] 念作“God savéte King”，以与 sauvé 或 préservé 押韵。

gomme (élastique)
橡皮

是用马的阴囊做的。

gothique
哥特式

比其他式样更能引发宗教情操的建筑风格。[2]

1 Pierre Jean de Béranger（1780—1857），法国诗人、歌曲作家。

2 仰望哥特式教堂高耸的尖塔，易生归依上帝之心。

goût
趣味

简朴就是趣味高雅。遇到女人为自己衣着朴素表示不好意思，总要对她说这句话。

grammaire
语法

把它当作一件明白、容易的事情，从襁褓中就开始教。

grammairiens
语法学家

全是学究。

gras
肥胖

胖人天生就会游泳，还使刽子手无从下刀。例如杜巴里夫人[1]。

1 Comtesse du Barry（Marie-Jeanne Bécu，1743—1793），路易十五的情妇，大革命时期被处决。

grammaire

grêlé
麻子

女人长麻子，个个风骚。

grenier
阁楼

年轻时候住着真好![1]

grenouille
青蛙

母的“蟾蜍”。[2]

grisettes
轻佻的服装女工[3]

再也没有俏丽的服装女工了。说这句话的口气，应像猎人找不到猎物。

1 阁楼租金便宜，常为穷学生居住。

2 参见 crapaud。

3 法国作家缪塞（Alfred de Musset，1810—1857）的短篇小说《咪咪·潘松》留下了“轻佻的服装女工”的文学形象。

grog
〈英〉格罗格酒（热糖水和烈酒制成的饮料）

不成体统!

grottes à stalactites
（长石笋的）洞穴

曾有大人物在里面举办盛大的庆典、舞会或晚宴。人在其中见到“大风琴管排列如林”。大革命时期在里面做弥撒。

groupe
组合

宜于壁炉[1]或政界。

guérilla
游击队

对敌人的杀伤甚于正规军。

1 常用一组雕塑装饰壁炉架。

guerre
战争

猛烈声讨之。

Gulf-Stream
〈英〉湾流

挪威的名城，新近被发现。

Gymnase (Le)[1]
健身房，体育馆

法兰西喜剧院的附属。

gymnastique
体操

做得再多也不过分。让孩子们做到筋疲力尽。

1 前有定冠词，表示不是泛指，而是指特定的一个。

Gustave
Flaubert

habit noir
（黑色）礼服

其实指的是“燕尾服”，除非用于谚语：“穿上礼服不就是修士”[1]，这时候本应该说“道袍”。在外省，黑色礼服是出席仪式穿的最隆重的服装，也是最烦人的事情。

habitude
习惯

第二本性。中学里养成的习惯是坏习惯。熟能生巧，就能像帕格尼尼[2]一样拉提琴。

haleine
呼吸，气息，气味

气味“强烈”便是“别致”，避免提到与苍蝇有关的事情，要声称气味来自胃里。[3]

hallebardes
戟

看到乌云临头，就该说：“要下雨如戟了。”在瑞士，所有男子都带戟。

H

Gustave Flaubert

hallebardes

hallier
荆棘丛

总是阴森、不容进入的。

hamac
吊床

为克里奥尔人的特色。花园必备。——说服自己，躺在那里头比在床上舒服。

hameau
村落

令人感动的名词。——宜用在诗里。

hannetons
金龟子

春之子。写本小书的好题目。做省长的无不梦想彻底消灭它们。在农业展览会上发表的演说，在谈到其危害时，应称之为

1 “穿上礼服不就是修士”类似于“不能以貌取人”。

2 Niccolo Paganini（1782—1840），意大利小提琴演奏大师。

3 说某人“气味强烈”意为“有口臭”。形容一个人口臭，常说“熏死苍蝇”。

“不祥的鞘翅目昆虫”。[1]

haquenée

（古代供妇女骑的）小走马[2]

中世纪的白色动物，其种族已消失。

haras

种马场

种马场问题，议会辩论的好题目。

harem

后宫

总把母鸡群里的公鸡比作后宫里的苏丹。

所有中学生的梦想。

harengs

鲱鱼

荷兰的财富。

1 福楼拜名著《包法利夫人》中有关于农业展览会的描写。

2 此马在古代专供妇女骑用。

harpe
竖琴

奏出仙音。在版画中，只在废墟里或湍流边上演奏。宜于展示玉臂和纤手。

haschisch
印度大麻

别与剁碎的肉混淆[1]，后者不引起任何飘飘欲仙的感觉。

hébreu
希伯来语

凡是我们不懂的语言都是希伯来语。

heiduque
十六至十八世纪匈牙利贵族自卫队员；十七世纪穿匈牙利服装的法国侍从

与 eunuque（阉人）混淆。

1 hachis（剁碎的肉）与 haschisch 发音与词形相近。

hélice
螺旋桨

机械学的未来!

hémicycle
半圆;半圆形阶梯教室

只知道美术学院的半圆形阶梯教室。

hémorroïdes
痔疮

病因为坐在炉子或石凳上。——为出租马车车夫常患。痔疮是健康的标记,所以不要理它。

Henri Ⅲ et Henri Ⅳ
亨利三世和亨利四世

谈到这两位国王时,别忘了说:"所有亨利都是不幸的。"[1]

1 法国国王亨利三世(1551—1589)和亨利四世(1553—1610)都是被刺杀的。

Hercule
海格力斯，大力士

大力士都是北方人。

hermaphrodite
雌雄同体者，双性人

激发不健康的好奇心。寻求见到一个。

hernie
疝气

谁都有，只是自己不知道！

Hérode
希律[1]

与希律一样老。

Hérostrate
希罗斯特拉特[2]

用于议论巴黎公社时期的纵火事件。

1　古代有几个犹太国王都叫希律。最有名的是希律大帝（前73—前4）。

2　古希腊少年，为求出名而纵火焚烧阿波罗神庙。

Gustave Flaubert

hermaphrodite

heureux
幸福者

谈到一个人幸福，就说："他生下来就戴着帽子。"言者不知道这是什么意思，听者也不知道。

hiatus
元音重复[1]；间断，中断，差距

不能容忍！

hiéroglyphes
象形文字

古埃及人的文字，是祭司为掩盖他们的罪行而发明的。——竟然还有人能读懂它们！说到底，这也许是一个玩笑？

Hippocrate
希波克拉底

总要用拉丁文引用他的话，因为他用希腊文写作，除非这一句："希波克拉底说是，

1　两个或多个元音连续出现，没有辅音隔开。

不过盖伦说不。”[1]

Hippolyte
希波吕托斯

希波吕托斯之死[2]，最好的记叙文题目。所有人都应该记诵这一段。

hirondelle
燕子

除了“春之使者”，对它们不能有别的叫法。因为不知道它们从哪里来，就说来自“天涯海角”（有诗意）。

1　希波克拉底（约前 460—前 377），希腊医生，被尊为医学之父。盖伦（Galenus, 法语拼作 Galien，约 131—201），希腊医生，他通过解剖动物，对神经系统和心脏有重大发现。他的生理学理论和希波克拉底一样，建立在“体液”学说上。尽管如此，“希波克拉底说是，不过盖伦说不”仍成为流行的说法。

2　拉辛（Jean Racine，1639—1699）被认为是最伟大的法国悲剧诗人。他作有取材希腊神话的悲剧《菲德拉》：英雄忒修斯的妻子菲德拉听说丈夫战死疆场，就向继子希波吕托斯表白爱情。希波吕托斯另有所爱。忒修斯突然生还，菲德拉出于嫉妒，向忒修斯指控希波吕托斯对她欲图非礼。忒修斯盛怒之下，处死希波吕托斯。菲德拉后悔，也服毒自杀，并在死前向丈夫吐露真情。“希波吕托斯之死”这一段，在剧中由其师傅叙述。

histrion
蹩脚演员

总要加上“下贱的”。

hiver
冬天

总是奇冷。(参见 été)——比别的季节更有利于健康。

hobereaux de campagne
乡绅，小贵族地主

对他们不屑一顾。

Homère
荷马

实无其人。因其笑声而闻名。[1]

1 荷马史诗中的英雄常纵声大笑，所以西方形容大笑为“荷马的笑声”。

homo
〈拉〉人

见到等待的人进来，要说 Ecce homo[1]！

honneur
荣誉

谈到它时，要引用这句话：“荣誉像一座陡峭的、无法攀登的岛屿。”——人们一旦从中出来，就再也回不去。总要关心自己的荣誉，但不必为别人的荣誉操心。

hoquet
打嗝

治疗的法子：在背上挂一把钥匙或者受惊吓。

horizons
地平线

觉得自然的地平线是美丽的，政治地平线是阴沉的。

1 拉丁语，就是这个人。本是罗马总督彼拉多指着耶稣说的话。相当于我们说：“说曹操，曹操到。”

horreur
令人恐怖、恶心、厌恶的事情

谈到淫词浪语，要说：恶心死了！可做但不可说。故事发生在一个恐怖的夜深时分。

hospitalité
好客

总应该是苏格兰式的。引用诗句："苏格兰山民家里，招待客人天经地义，而且分文不取。"

Hospodar
奥斯曼帝国统治下摩尔达维亚和瓦拉几亚两个公国的大公

谈到"东方问题"时，宜在句中插入此词。

hostilités
敌对行为，武力冲突

敌意跟牡蛎一样，需要开启。

hôtels
旅馆

只在瑞士有好的。

hôtes
客人

为主人家的儿子提供榜样。

Hugo (Victor)
维克多·雨果

千不该万不该，他不该去过问政治！

huile d'olives
橄榄油

从来没碰上好的！必须在马赛有个朋友，让他给你寄一小桶来。

huîtres
牡蛎

再也没人吃了！太贵了！

humeur
体液；性情；情绪

高兴它被排出来，同时惊讶人体能包含那么多。

humidité
潮湿

百病的起因。

hussard
轻骑兵

要读成“houzard”。总要加上“好心的”或“矫健的”。他讨“女士们”喜欢。别忘了引用：“你认识近卫军的轻骑兵们……”

hydre de l'anarchie
无政府主义的七头蛇

努力战胜它。

hydrothérapie
水疗法

祛除一切疾病，也招来它们。

hygiène
卫生

应保持良好卫生环境。它预防疾病，当它不是其原因的时候。

hypothèque
抵押

要求“改革抵押制度”，这话很有气派。

hypothèse
假设

往往是危险的，总是大胆的。

hystérie
歇斯底里

与“花痴”混为一谈。

Gustave Flaubert

idéal
理想

完全无用。

idéologues
意识形态专家

所有记者都是。

idolâtres
偶像崇拜者[1]

是吃人肉的。

Iliade
伊利亚特

总与《奥德赛》相伴。

illisible
无法辨认的

医生的处方理应如此。任何签名亦然。说明此人的来往信件太多，不堪应付。

illusions
幻想

装作自己抱有许多。埋怨别人统统丢失了。

ilotes
希洛人（斯巴达的国有奴隶）

为自己的儿子树作榜样，但是不知道在哪儿找到他们。

images
形象

在诗歌里总是过多。

imagination
想象力

总是“活跃的”。对之存戒心。自己没有的时候，要否认别人有。只要有点想象力，就能写小说。

1 指崇拜偶像的异教徒。可以理解成“残忍的”“同类相食的”。

imbéciles
傻瓜，笨蛋

想法跟你不同的人。

imbroglio
错综复杂的情节

所有剧本的根基。

immoralité
不道德

此词拿腔拿调念出来，能增添说话人的声望。

impératrices
女皇，皇后

皆是美人。

impérialistes
帝国主义者

皆是诚实、平和、讲礼貌、有风度的人。

Gustave Flaubert

imbroglio

imperméable
雨衣

作为衣服有许多优点。因其阻止出汗，危害健康。

impie
不信教者

猛烈抨击之。

importation
进口

商业的蛀虫。

impresario
演出经纪人

艺术家用语，意为主事人。总与“精明的”连用。

imprimé
印刷品

应该相信任何印出来的文字。看他的名字印出来了！有人只为了这个，不惜犯罪。

imprimerie

印刷术

奇妙的发现。造成的恶多于善。

inauguration

开幕仪式

快乐的由头。

incapacité

无能

总是“明显的”。人越无能，就越应该有雄心。

incendie

火灾

切勿错过的好戏。

incognito

隐姓埋名，微服私访

王子贵胄的旅行装。

incrustation
镶嵌

只用于螺钿。

indolence
懒散

居住炎热地区的结果。

industrie
工业

（参见 commerce）

infanticide
杀婴

只发生在民间。

infect
臭不可闻的

应该用于任何未获《费加罗报》允许赞赏的文艺作品。

infÉodé
听命于人的

很严重也很有修辞效果的辱骂，应劈面扔给一个政治对手："先生！您听命于爱丽舍宫[1]的奸党！"只用于议会的讲台。

infinitésimal
无限小的，极小的

不知其所指，但相信与顺势疗法[2]有关。

ingénieur
工程师

年轻人最好的职业。无所不知。

inhumation
埋葬

往往过早。——讲述尸体饿得发慌，咬嚼自己的胳膊的故事。

1 爱丽舍宫先是拿破仑三世的住所，一八七三年起成为法兰西共和国总统府。

2 如大剂量使用某一物质能在健康人身上引发与需要治疗的疾病相同的症状，则用溶化该物质后取得的极小剂量治疗病人。

injure
辱骂

总应该用血来洗刷。

innées (Idées)
天赋观念

拿它取笑。

innocence
无辜

镇定证明无辜。

innovation
创新

总有危险。

inondés
遭受水灾的

总是卢瓦尔河闹的。[1]

1 卢瓦尔河由北向南贯穿法国。

Inquisition
宗教裁判所

人们很是夸大它的罪行。

inscription
铭文

总用楔形文字。

inspiration poétique
写诗的灵感

激发它的东西：海景、爱情、女人等等。

instinct
本能

补足智慧的不足。

Institut (L')
法兰西学院

学院院士都是老人，戴着绿色塔夫绸的遮阳帽。

inspiration poétique

institutrices
家庭女教师

总是出身于遭遇不幸的良好家庭。给主人家带来危险——勾引当丈夫的。

instruction
教育

要给人受过许多教育的印象。老百姓没受教育照样养家活口。

instrument
工具

犯罪工具不是锐器就是钝器。

intégrité
廉洁

尤其属于官员。

intrigue
计谋，阴谋

通向一切。

introduction
导言；引入；插入

淫猥用语。[1]

invasion
入侵，侵袭

引起伤心泪。[2]

inventeurs
发明家

统统穷愁潦倒死在医院里。另一个人从他们的发现获得利益，这不公平。

Italie
意大利

举行婚礼后立即要去。结果大为失望，没有人家说得那么美。

1 取最后一个意思。

2 指普法战争时普鲁士侵入法国。

Italiens
意大利人

都有音乐天赋，但不讲信义。

ivoire
象牙

此词仅在讲到牙齿时使用。[1]

ivresse
酒醉，陶醉，热狂

总说“如痴似醉”。

1 如汉语的“编贝”仅用于“齿若编贝”。

Gustave Flaubert

jalousie
嫉妒

总要加上“疯狂的”。可怕的激情。双眉紧蹙，嫉妒的证据。

jambage (Droit de)
初夜权

不信有此事。

jambon
火腿

总说是美因茨产品。[1] 提防有旋毛虫。

jansénisme
冉森派[2] 教义

谁也不知其究竟，不过拿它当话题显得很有气派。

Japon
日本

那里一切都是瓷做的。

jardin anglais
英国式花园

比法国式花园更近自然。

Jarnac (Coup de)
雅纳克的奇招[3]；出乎意料的致命一击

对之表示义愤。不过这一招其实是光明正大的。

jarretière
松紧袜带

上流社会的妇女应该始终让它高于膝盖，民间妇女则让它低于膝盖。女人永远不能忽略此一衣着细节，这个世界上放肆之徒太多。

jaspe
碧玉

博物馆里的瓶瓶罐罐全是碧玉做的。

1 Mayence，德国地名。如在中国火腿多说是金华的。

2 天主教在十七和十八世纪的一个非正统派别，在法国以王家港修道院为活动中心。它与罗马教廷、法国朝廷和教会的关系很复杂。

3 一五四七年，法国贵族雅纳克与另一贵族决斗，出乎意料刺伤对手的腿弯，致其死命。

javelot
标枪

与步枪一样有效，只要知道怎样使用它。

jésuites
耶稣会士

插手所有的革命。人们想不到他们有多少人。绝对不要谈论“耶稣会士之战”。

jeu
赌博

愤怒谴责此一致命的情欲。

jeune fille
少女

怯生生说出这个词。所有少女都脸色苍白，身体瘦弱，永远是清纯的。让她们远离任何书籍，不去博物馆和剧院，尤其不能去植物园看猴子[1]。

1 巴黎植物园也是动物园。

jeune homme
年轻人

总爱寻开心。他理应如此。他若不如此，要表示惊讶。

jeunesse
青春

啊！青春多美好！总要引用这几句意大利诗，即便不懂它的意思：O Primavera! Gioventù dell' anno! O Gioventù! Primavera della vita![1]

jockey
赛马骑师

怜悯骑师这个行当。

jockey club
赛马俱乐部

其会员都是爱寻开心的年轻人，而且很有钱。简单说“le Jockey”，这就显得有气派，

1 啊，春天，一年之青春！啊，青春，一生之春天！

让人以为你也是会员。

John Bull
约翰牛

若不知道一个英国人的名字，就叫他“约翰牛”。

joie
快乐

娱乐与消遣之母。缄口不提它的女儿。[1]

joli
漂亮

适用于一切美的事物。“漂漂亮亮”是最高的赞美。

jonc
白藤

手杖应该用白藤做。

1 法语 fille de joie（快乐之女）是妓女的别称。

jouets
玩具

永远应该是科学的。

jouissance
快感

下流话。

jours
日子

有先生会客日、理发日、医生来访日等。另有夫人的日子，她们在每月的某些时间称之为要紧日子。

journaux
报纸，报刊

离不开它，但是要对它表示气愤。它们在现代社会的重要性。例如：《费加罗报》。严肃的报刊：《两世界杂志》《经济学家》《辩论报》；必须让它们随便摊放在客厅的桌子上，但要留心事先把它们裁开。用红铅笔勾出几段文字也会产生很好的效果。早晨阅读此类正经严肃报刊上的一篇文章，晚上，在社交场合，巧妙地把谈话引到你研究过的话题上，也好出出风头。

Juif
犹太人

以色列的儿子。犹太人全是卖小望远镜的。

jujube
枣子

不知道它是用什么做的。

jury
陪审团

务求不参加。

justice
司法；正义

从来不去关心它。

K

Gustave
Flaubert

kaléidoscope
万花筒

仅在谈论画展时使用此词。

keepsake
〈英〉纪念品

应该放在客厅桌子上。

kiosque
亭子

花园里的乐土。

knout
〈俄〉鞭子；鞭刑

此词令俄国人不快。

Koran
古兰经

穆罕默德的书。

K

Gustave Flaubert

kiosque

Gustave
Flaubert

laboratoire
实验室

乡居应该设置一个。

laboureurs
农夫

没了他们，我们该怎么办？

lac
湖

泛舟湖上时，身边要有个女人。

laconisme
语言简洁

人们不再说这种语言。

lacustres (Les villes)
湖城

否认它们的存在，因为人们不能在水下生活。[1]

La Fayette
拉法耶特[2]

因其白马而出名的将军。

La Fontaine
拉封丹

声称自己从未读过他的故事集。管他叫“好人”，“不朽的寓言作家”。[3]

lagune
泻湖

亚得里亚海上的城市。[4]

lait
牛奶

溶化贝壳。招引蛇虫。增白皮肤。巴黎有些女人每天早晨洗牛奶浴。

1 “湖城”指位于湖畔的城市。
2 法国名将和政治家（1757—1834），曾参加美国独立战争。
3 除了《寓言集》，拉封丹（Jean de La Fontaine，1621—1695）著有诗体《故事集》，用大胆的笔触写男女私情。
4 指泻湖环抱的威尼斯。

lancette
柳叶刀

口袋里老揣着一把，但是害怕使用它。

langouste
龙虾

母的螯虾。[1]

langues vivantes
活语言

法国的种种不幸在于人们不掌握足够的活语言。

latin
拉丁语

人的天然语言。损坏了文字。只在读公共饮水池的铭文时有用。警惕拉丁语的引文：它们总是隐藏一层淫猥的意思。

1 langouste，法语阴性名词，指有长须无螯的龙虾。homard（螯虾），法语阳性名词，指有螯的龙虾。两者的差别不在公母。

lauriers
桂冠

令人失眠。[1]

lavement
洗涤[2]

此词仅用于洗足礼。

légalité
法制

法制把我们都给杀了。有了它，任何政府什么也干不了。

léthargies
昏睡病

见过有人昏睡好几年。

libelle
诽谤性文章

现在没人写了。

1 思之不得，辗转反侧。

2 受难周圣星期四举行的天主教仪式。主持者效仿耶稣在最后的晚餐上所为，给十二个人洗足。

liberté
自由

自由！多少罪行假汝之名而行![1] 我们拥有所有必需的自由。

libertinage
放荡；不信教

仅见于大城市。

libre-échange
自由贸易

商业遭遇困境的原因。

lieue
古法里[2]

走一古法里快于走四公里。

lièvre
兔子

睁着眼睛睡觉。

1 法国大革命时期罗兰夫人上断头台时留下的名言。
2 一古法里约合四公里。

ligueurs
神圣联盟[1]成员

法国宽容的先驱。

lilas
丁香花

因为宣告夏天来临而令人愉快。

linge
日用棉麻布制品：床单、桌布、毛巾等

向人展示的从来不嫌太多，从来不够。

lion
狮子

是大度的。总在玩一个球。吼得好，狮子！狮子和老虎竟然是猫科动物！

littérature
文学

闲人的工作。

1 法国天主教徒的政治组织，在一五七六年后的宗教战争中起了主要作用。宗教战争以亨利四世的胜利告终，这位法国历史上最得人心的国王提倡并实行宗教宽容政策。

Littré
利特雷[1]

听人提到他的名字便冷笑："这位先生说猴子是我们的老祖宗。"

livre
书

不管哪本，总嫌太长。

lord
英国勋爵

有钱的英国人。

lorgnon
夹鼻眼镜

傲慢，有气派。

Louis XVI
路易十六

总要说一句："这个不幸的君主……"[2]

1 Emile Littré (1801—1881)，法国哲学家、政治家、语文学家，著名的《利特雷词典》的编者。

2 路易十六死在断头台上。

loutre

水獭，水獭皮

用于做大盖帽和马甲。

lumière

光明

点蜡烛的时候总得说：Fiat lux![1]

lune

月亮

令人忧郁。可能有人居住？

luxe

奢侈

祸国殃民。

lynx

猞猁

因其目光而出名的动物。

1 《圣经》中上帝创造世界，说：“要有光！”

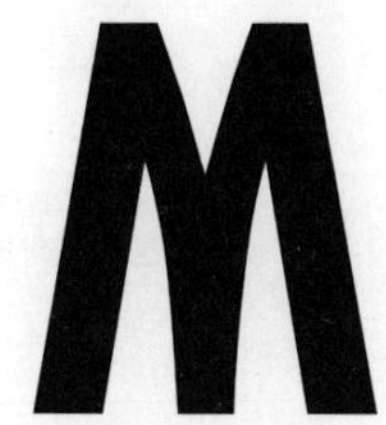

Gustave
Flaubert

macadam
碎石路面

取消了革命：再也没有办法建造街垒了。[1]不过走上去还是不舒服。

macaroni
意大利通心粉

如按意大利方式烹制，应用手指取食。

Machiavel
马基雅弗利[2]

没有读过他的著作，但认为他是个大恶人。

machiavélisme
马基雅弗利主义，政治权术

在说这个词的时候应做哆嗦状。

Mackintosh
麦金托什[3]

苏格兰哲学家。防水织物的发明人。

maestro
大师（特指著名作曲家或乐队指挥）

意大利语，意思是“钢琴家”。

magie
魔法

嘲讽它。

magistrats
法官

全是鸡奸者。

magistrature
法官的总称

此一职业有利于娶亲高门。

1 巴黎街道原来用方石块铺设，民众暴动时，常被用来建造壁垒，与政府对抗。

2 Niccolò Machiavelli（1469—1527），意大利政治家，提倡权术。

3 James Mackintosh（1765—1832），苏格兰法学家、哲学家和政治家。Charles Macintosh（1766—1843），苏格兰化学家，防水织物发明人。“mackintosh”（防水布、雨衣）一词得名于后者。

magnétisme
磁性

漂亮的交谈话题，用于“俘获芳心”。

maillot
紧身内衣

非常刺激。

main
手

说人有一只漂亮的手，意思是他写一笔好字。

maire de village
村长

总是可笑的。若称他为“助理法官”，他会以为受到侮辱。[1]

1 法国大小城镇乃至乡村的民选行政长官，都叫 maire。“助理法官”(échevin)是法国旧制度时期设置的官职。

M

Gustave Flaubert

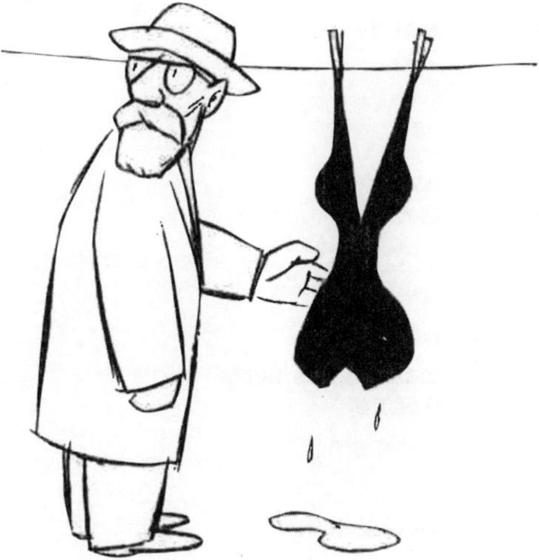

maillot

major
军医

现在只见于旅店的常客固定饭桌上。

mal de mer
晕船

只要去想别的事情，就能避免。

malade
病人

为给病人打气，就得取笑他的疾病，否认他的痛苦。

maladie des nerfs
神经疾病

都是装出来的。

malédiction
诅咒

总是父亲给予儿子的。

Malthus
马尔萨斯

没有读过他的著作，但要把他视作恶棍，称他为“卑鄙无耻的马尔萨斯”。

Mameluks
马穆鲁克人[1]

古代东方（埃及）的一个民族。

mandoline
曼陀林

为勾引西班牙女人所必备。

manteau
大衣，斗篷

携带女子私奔时所穿，其颜色与城墙相似。

marbre
大理石

所有雕像都是帕罗斯[2]大理石的。

1 确切地说，此词指埃及苏丹卫队成员。
2 Paros，希腊岛屿，古代盛产上品白色大理石。

Marseillais
马赛人

全是机灵鬼。

martyrs
殉道者

早期基督徒全是殉道者。

masque
面具

戴上能变得聪明。

matelas
床褥

越硬越卫生。

matérialisme
唯物主义；唯以物质享受为务

说这个词要带着极度厌恶，强调每一个音节。[1]

1 指后一个意思。

mathématiques
数学

使人心灵干涸。

matinal
早起的

有此习惯，证明有道德。如果凌晨四点上床，八点起床，那是懒人。如果晚上九点上床，第二天五点下床，那是勤快人。

maxime
箴言，格言

从不见新鲜的，但是总能给人安慰。

mazarinades
投石党运动时期攻击马萨林红衣主教[1]的文章或歌曲

鄙视这些。只知道一点，没用。

1 Jules Mazarin（1602—1661），法国路易十四治下奥地利的安娜摄政时期的枢机主教、首相。投石党运动是当时反政府的暴动。

mécanique
力学

数学的低级部分。

médaille
奖章

唯有古人制作。

médecine
医学

身体健康的时候挖苦它。

mélancolie
忧郁

心灵脱俗和精神高尚的标记。

mélodrames
通俗剧，闹剧

正剧比它更不道德。

melon
甜瓜

饭桌上的绝好话题。“它是一种蔬菜？一种

水果?”英国人用它做饭后甜点，令人惊讶。

mémoire
记忆力

抱怨自己的记忆力，甚至自夸没有记性。但是会脸红，假如别人说你没有判断力。

ménage
家庭

谈到它时总是怀着敬意。

mendicité
乞讨

应该禁止，却从未做到。

méphistophélique
魔鬼般的[1]

应用来形容任何奸笑。

1 Mephistopheles，歌德名著《浮士德》中的魔鬼。

mer
大海

没有底。无限的形象。引发崇高的思想。在海边，总要带一个单筒望远镜。瞻望它的时候，总要说："那么多水！那么多水！"[1]

mercure
水银

把病人和病一起杀死。

Méridionaux (Les)
法国南方人

全是诗人。

message
书简，函件

比"信"高雅。

1 本是法兰西第三共和国第二任总统麦克马洪（Marie Edme Patrice Maurice de Mac-Mahon，1808—1893）视察某次水灾时脱口而出的话，常被人嘲笑。

métallurgie
冶金业

很有气派。

métamorphose
变形，特指罗马神话中神化身为鸟兽等

嘲笑相信有此等事情的时代。奥维德[1] 是其发明人。

métaphore
隐喻，暗喻

讲究风格的文章里总是用得太多。

métaphysique
形而上学

挖苦它，以证明自己高明。

méthode
方法

毫无用处。

1 Publius Ovidius Naso（前 43—前 17 或 18），拉丁诗人，著有《变形记》。

mexique
墨西哥

“墨西哥战争是本朝最伟大的想法。”（鲁埃[1]）

Midi (Cuisine du)
法国南方烹饪

离不开大蒜。大张挞伐之。

ministre
部长，大臣

人生荣耀的终极。

minuit
半夜

幸福与正当乐趣的界限。这以后做什么都是不道德的。

1 Eugène Rouher（1814—1884），法国政治家，法兰西第二帝国的重臣。他鼓吹和支持法国远征军介入墨西哥战争，结果惨败。

minute
分钟

人们想不到一分钟有多长。

missionnaires
传教士

不是被吃掉，就是被钉在十字架上。

mobilier
家具

提心吊胆自家的家具遭损。

moineau
麻雀

修士的儿子。[1]

monarchie
君主政体

君主立宪政体是最好的共和制。

1 应是打趣的说法。“修士”（moine）加上指小的后缀（-eau），变成“麻雀”（moineau）。好比我们说“咸鸭蛋是咸鸭生的”。

moineau

monopole
垄断

大张挞伐之。

monstres
怪物

今天看不到了。

montre
怀表

只有日内瓦产品才是好的。在梦幻剧里，当一个人物掏出表来看时，那应该是头洋葱。下面这句趣话屡试不爽：“您的表走得准吗?”——“太阳跟它对时间。”

mosaïques
镶嵌画

其制作秘诀已失传。

mouchards
密探，告密者

全是警察局雇佣的。

moules
贻贝，淡菜

总是不好消化的。

moulin
磨坊

点缀风景。

moustaches
胡子

显得威风凛凛。

moustique
蚊子

比任何猛兽更危险。

moutarde
芥末

唯有第戎[1]出产的才是上品。伤胃。

1 Dijon，法国中部城市。

muscles
肌肉

强者的肌肉总是钢浇铁铸。

musée
博物馆

凡尔赛博物馆：重现民族的赫赫战功；路易-菲力普国王的好念头。[1] 卢浮宫博物馆：少女不宜。迪皮特伦[2] 博物馆：让年轻人参观大有裨益。

musicien
音乐家

真正音乐家的特点在于：从来不作曲，不演奏任何乐器，而且蔑视大演奏家。

musique
音乐

使人想起许多东西。使风俗醇厚。例如：《马赛曲》。

1 一八三三年，路易-菲力普国王下令修复凡尔赛宫，将其改为历史博物馆。

2 参见 Dupuytren。

N

Gustave Flaubert

nacelle
小艇

任何搭载一个妇女的小船。“请上我的小艇!”

nain
矮人；侏儒

讲拇指汤姆将军[1] 的故事，如果你跟他握过手，骄傲地告诉人。

Naples
那不勒斯

假如你与学者交谈，要说帕特诺珀[2]。参见“到过那不勒斯，死也甘心”。(参见 Yvetot)

narines
鼻孔

上翘的鼻孔，好色的标志。

nations
民族；国家

(聚集一切民众。)

nature
自然

大自然多美啊！每到乡下，必作此语。

navigateur
航海家

总是大胆的。

navire
船

唯有巴约讷[3] 能造好船。

nectar
仙酒（饮之者不死）

与奥林匹斯山上众神的食物相混淆。

1 Tom Pouce（1837—1883），人称“将军”，有名的美国矮人，身高一米〇二。

2 Parthénope，希腊人在古代意大利创立的城市，后来在其附近建立了那不勒斯。

3 Bayonne，法国面向大西洋的一个海港。

nègres
黑人

奇怪他们的唾液是白的，还能说法语。

négresses
黑种女人

比白种女人更风骚。（参见 brunes 和 blondes）

néologisme
新词

败坏了法语。

nerveux
神经性的

每当医生对患者的疾病毫无认识时，此一解释能使听者满意。

noblesse
贵族

对之既蔑视又艳羡。

N

Gustave Flaubert

nœud gordien

戈尔迪乌姆结[1]；死结，难题

与古代有关。古人系领带的方式。

noir

黑色的

总要加在乌木前面。黑如松鸦(代替“煤玉”)。[2]

Normands

诺曼底人

都是小偷(真的)。相信他们把 a 音都发成喉音。打趣他们戴的棉布软帽。

notaires

公证人

现在，不能信任他们。

1 一种极其复杂的绳结，传说公元前八世纪弗里吉亚王朝的创建者戈尔迪乌斯（Gordius）用于拴住战车的辕与轭，保存在戈尔迪乌姆（Gordium）的宙斯神庙内。谁能解开此结，谁就会成为亚细亚王。公元前三三四年，亚历山大大帝行军途经此地，干脆一剑把它割断。

2 说“黑色乌木”是同义反复。法语 geai（松鸦）的发音与 jais（煤玉)一样。正确的说法是“黑如煤玉”。

nourriture
食物

中学里供应的总是既卫生又丰盛。

numismatique
钱币学

与高深学问有关，令人肃然起敬。

Gustave Flaubert

oasis
绿洲

沙漠里的客栈。

obscénité
淫猥

所有源自希腊文或拉丁文的科学名词都暗藏淫猥的意思。

obus
炮弹

用于制作挂钟和墨水缸。

octogénaire
八旬老人

用于任何老人。

octroi
入市税征收处

应该偷漏税金。(参见 douane)

odalisques
古代土耳其苏丹后宫中的女奴、宫女

所有东方女人都是后宫的女奴。(参见 bayadères)

Odéon
奥德翁[1]剧院

打趣它离得太远。

odeur des pieds
脚臭

健康的标记。

œuf
蛋

一篇关于生命起源的哲学论文的出发点。

Offenbach
奥芬巴赫[2]

听到这个名字，必须合上右手两个手指以

1 本是古希腊音乐家和诗人献技、竞赛的场所，也用于排演戏剧。巴黎有奥德翁剧院。

2 Jacques Offenbach（1819—1880），德裔法国作曲家。

免被毒眼盯住。此举很有巴黎派头，有效果。

oiseau
鸟

渴望化身为鸟，叹息着说："翅膀啊！翅膀！"显示自己有诗人的灵魂。

oméga
希腊字母表的最后一个字母（Ω，ω）

希腊字母表的第二个字母，既然人们老说"α与ω"[1]。

omnibus
公共马车

永远找不到座位。是路易十四发明的。"先生，我见过只有三个轮子的三轮车！"

opéra (Coulisses de l')
歌剧院的后台

穆罕默德的人间天堂。

1 "从头到尾"的意思。α（A）是希腊字母表的第一个字母。

O

oiseau

optimiste
乐观主义者

等同于愚人。

oraison
祷告，祷文

博絮埃[1]的任何演说。

orchestre
乐队

社会的形象。每人各司其职，有一个领头人。

orchite
睾丸炎

先生有疾。

ordre（L'）
秩序

"多少罪行假汝之名而行！"（参见 liberté）

1 Jacques Bénigne Bossuet（1627—1704），法国主教、作家，善作悼词（oraison funèbre）。

oreiller
枕头

切勿使用，用了会驼背。

orfèvre
金匠，珠宝商

总叫他若斯先生[1]。

orgue
风琴

使灵魂升向天主。

orientaliste
东方学家

到过许多地方的人。

original
新颖的；独特的；古怪的

取笑所有新奇事物，憎恨它，嘲弄它，消灭它，如果能做到。

1　莫里哀喜剧人物。每当有人询问他如何医治一个患病的少女，他总劝她购买珠宝。

orthographe
正字法，正确的拼写

如同相信数学一样相信它。它并非必需，只要文章有风格。

ours
熊

通常叫它马丁。提起那个残疾人的遭遇：他见到一块表掉进熊壑，就下去捡，结果被熊吃掉。

ouvrier
工人

总是诚实的，在他不参加暴动的时候。

P

Gustave
Flaubert

Paganini
帕格尼尼

从不为他的小提琴调音。以其手指的长度而闻名。

pain
面包

人们不知道面包里藏着许多脏东西。

palladium
特洛伊城的守护神帕拉斯的雕像；护城圣物；保障

古代的堡垒。

palmier
棕榈树

赋予地方色彩。

Palmyre
巴尔米拉[1]

一位埃及女王？一片废墟？不知道。

Gustave Flaubert

palmier

panthéisme
泛神论

猛烈抨击之，荒谬。

paradoxe
悖论

总在意大利大街[2]，在抽两口烟之间发表。

parallèle
合论（比较两个历史名人）

只应该选择以下配对：恺撒与庞培，贺拉斯与维吉尔，伏尔泰与卢梭，拿破仑与查理曼，歌德与席勒，巴亚尔与麦克马洪[3]……

paraphe
花押，花体签名

越复杂，越漂亮。

1 叙利亚位于中部沙漠边缘的一座绿洲城市，有古代神庙等古迹。
2 Boulevard des Italiens，巴黎繁华的商业街道，多咖啡馆。
3 Bayard（1476—1524），法国名将，别号“无畏无瑕骑士”。麦克马洪在出任第三共和国总统前是法国元帅，战功显赫。

parents
亲戚

总是讨厌的。隐瞒自家的穷亲戚。

Paris
巴黎

大娼妇。女人的天堂，马的地狱。

parrain
教父

其实是教子的亲生父亲。

parties
身体的某些部位，下体

对一些人是羞耻的，对另一些人是天生的。[1]

pauvres
穷人

照顾他们，就算兼备所有美德。

1 法语中，“羞耻部位”和“天生部位”都是“下体”的婉转说法。

paysages de peintre
风景画

总像大盘菠菜!

pédantisme
学究气

应予嘲弄，除非它被用于轻佻的题目。

pédérastie
恋童癖

凡是男人到了一定年龄都会染上的毛病。

peinture sur verre
玻璃画

其制作秘诀已失传。

pélican
鹈鹕

自己啄穿其肋以喂养幼鸟。[1] 父亲的象征。

1 源自一个有名的传说：鹈鹕用自身的内脏喂养幼雏。

P

Gustave Flaubert

penser
思想

是痛苦的。强迫我们去思想的东西一般都是被遗弃的。

pensionnat
寄宿学校

谈到女子寄宿学校，要说 boarding school(英语)。

permuter
互换防地

唯一由军人来变位的动词。

Pérou
秘鲁

黄金遍地的国家。[1]

peur
恐惧

使人跑得飞快。

1 历史上秘鲁盛产黄金。

phaéton

四轮敞篷马车（法厄同[1]）

得名于其发明人。

phénix

凤凰

宜用作火灾保险公司的名字。[2]

Philippe d'Orléans-Egalité

奥尔良的菲力普，自称“菲力普-平等”[3]

也是大革命的起因之一。犯下了这个不祥时代的所有罪行。

philosophie

哲学

总要报以冷笑。

1　希腊神话中太阳神赫利俄斯和仙女克吕墨涅的儿子。他驾驭父亲的四轮马车出发遨游天空，无法控制，结果驶离地球太近，几乎烧毁地球。宙斯为防止更大的灾祸，用雷电将他击落。与四轮敞篷马车的发明无关。

2　暗示凤凰自焚后再生。

3　路易十六的表兄（1747—1793），接受新思想，赞赏英国政治制度。作为三级会议的贵族代表，他率先与第三等级联合。一七九二年当选国民会议的代表，投票赞成处死路易十六。

photographie
照相术

将要取代绘画。（参见 daguerréotype）

piano
钢琴

客厅必备。

pigeons
鸽子

只应该配上豌豆食用。

pipe
烟斗

有伤大雅，除非在洗海水浴时。

pitié
怜悯

总要提防自己产生此念。

place
职位

总得谋求一个。

planètes
行星

全是勒威耶先生[1] 发现的。

plique polonaise[2]
波兰纠发病

假如剪掉头发，它们会出血。

poésie
诗

完全无用。过时了。

poète
诗人

梦想家好听的同义词，傻瓜。

police
警察

总是错的。

1 Urbain Le Verrier（1811—1877），法国天文学家。他只发现了冥王星。

2 一般写作 plica polonica，纠发病、发真菌病。

Ponsard
蓬萨[1]

唯一不悖常理常情的诗人。

Popilius
波皮利乌斯

一种圆形的发明人。[2]

portefeuille
皮包

夹一个在腋下，就有部长的派头。

portrait
肖像

难在表现微笑。

1 François Ponsard（1814—1867），法国戏剧诗人，被认为是反浪漫主义的领袖。

2 公元前一六八年，罗马执政官波皮利乌斯曾强制叙利亚国王放弃攻打埃及的计划，他用手杖在地上划出一个圆圈，对后者说："你在作出回答前，不能离开这个圈子。"后者只得服从。

Port-Royal
王家港[1]

非常得体的谈话题目。

pourpre
紫红

此词比“红色”高贵。

Pradon
普拉东[2]

不能原谅他竟敢与拉辛较量。

pragmatique sanction
实际惩罚

不知其所指。

pratique
实践

高于理论。

1 王家港（波尔罗亚尔）修道院是冉森派的中心。参见 jansénisme。

2 Jacques Pradon（1644—1698），法国戏剧家，也写了一部《菲德拉》与拉辛唱对台戏，其实他远非拉辛的对手。拉辛，参见 Hippolyte。

P

Gustave Flaubert

préoccupation
操心

操心之强烈，见于唯此为念，以致静止不动。[1]

prêtres
神甫

应该阉割他们。与保姆睡觉，跟她们生下孩子，管这些孩子叫“侄子”。——“不过这无所谓，毕竟还有好的神甫!”

priapisme
阴茎异常勃起

古代的宗教。

principes
原则

总是不容争议的。说不出它们的性质和数量。这也无妨，它们总是神圣的。

1 “强烈”(vive，直译为“活跃”)与“静止不动”在字面上是矛盾的。意思是，过分担心，反而耽误了行动。

prêtres

prise de tabac
吸鼻烟

适合坐办公室的人。

professeur
教授

无不学问渊博。

progrès
进步

总是不被理解，而且过于仓促。

promenade
散步

饭后必散步，有助于消化。

propriétaire
业主，房东

人分两大类：业主和房客。

propriété
产业

社会的基石之一。比宗教更神圣。

prose
散文

比诗好写。

providence
神意，天意

没了它，我们该怎么办?

pruneaux
李子干

帮助消化。

publicité
广告

一大财源。

pucelle
处女，贞女

仅用于贞德，并且加上“奥尔良的”。[1]

pudeur
羞耻心

女人最美的装饰。

punch
潘趣酒

适合单身汉的聚会。引起全场癫狂。点燃它的时候要熄灯。它会产生奇妙的火苗！

pyramide
金字塔

无用的建筑。

1 “奥尔良的处女”（La Pucelle d'Orléans）即贞德（Sainte Jeanne d'Arc, 1412—1431），英法百年战争中的法兰西民族英雄。

Gustave
Flaubert

quadrature du cercle
与一个圆面积相等的正方形[1]

不知其所指，但是听到有人说到它时，必须耸肩。

question
问题

提出它，就是解决它。

1 用圆规和直尺无法作此图形，借喻无法解决的问题。

Q

Gustave Flaubert

quadrature du cercle

R

Gustave
Flaubert

Racine
拉辛

淘气包！

radeau
木筏

必是“美杜萨号”[1]。

radicalisme
激进主义

越是潜在的越危险。共和制度把我们引向激进主义。

ramoneur
扫烟囱的工人

报冬的燕子。[2]

rate
脾脏

从前要为赛跑运动员摘除脾脏。[3]

râtelier
假牙

第三代牙齿。留神别在熟睡时咽下去。

reconnaissance
感激

不需要表达。

religion
宗教

社会的基石之一。对民众是必需的——不过不宜过多。说到“我们父辈的宗教”，应满怀热情。

1 法国轮船“美杜萨号”一八一六年六月十七日起航驶往塞内加尔，七月二日在非洲海面沉没。一百四十九名乘客挤在一条长二十米宽七米的木筏上逃生，在海上漂浮十二天，最终仅十五人得以生还，其余人被抛入大海，乃至被幸存者吃掉。此事披露后舆论大哗。法国画家热里科（Théodore Géricault, 1791—1824）以此题材创作了名画《美杜萨之筏》。

2 冬季来临前，要请工人清扫壁炉烟囱，以利通风。不过此时燕子已飞走。

3 参见 dératé。

râtelier

républicains
共和主义者

共和主义者不全是盗贼，不过所有盗贼全是共和主义者。

restaurant
饭馆

在那里，总应该点“非家常菜”。不知道点什么好的时候，可选择给邻桌上的菜。

rêvasserie
梦想

不为别人理解的崇高思想。

réveillon
圣诞大餐

缺了猪血香肠，就不是圣诞大餐。

richesse
财富

取代一切，乃至别人的尊重。

rime
韵脚

与道理从不相配……[1]

rince-bouche
（餐后用的）漱口盅

有钱人家的标记。

rire
笑

总是荷马式的。[2]

robe
（法官、律师、教授等穿的）袍子

令人起敬。

romances (Le chanteur de)
浪漫曲歌手，唱浪漫曲的男子

讨女人喜欢。

1 法语成语：既不押韵，亦无道理。意为莫名其妙，无厘头。
2 如荷马史诗里天神、英雄那样大笑。参见 Homère。

romans
小说

败坏民风。印成书的比在报上连载的更不道德。只有历史小说因为传授历史，尚可容忍。有的小说用解剖刀的刀尖写成，有的在针尖上滚动。

Ronsard
龙沙[1]

可笑他爱用拉丁和希腊词。

Rousseau
卢梭

以为与两个高乃依是兄弟一样，让-雅克·卢梭和让-巴蒂斯特·卢梭也是兄弟。[2]

1 Pierre de Ronsard（1524—1585），法国抒情诗人，生前享大名。

2 在高乃依两兄弟中，皮埃尔·高乃依（Pierre Corneille, 1606—1684）是与拉辛齐名的诗体悲剧作家，托马斯·高乃依（Thomas Corneille, 1625—1709）也是悲剧诗人。启蒙思想家让-雅克·卢梭（Jean-Jacques Rousseau, 1712—1778）与诗人让-巴蒂斯特·卢梭（Jean-Baptiste Rousseau, 1671—1741）不是兄弟。

rousses
红发女人

参见 blondes、brunes 和 négresses。

ruines
废墟

令人遐想，使景色平添诗意。

S

Gustave
Flaubert

sabots
木鞋

一个早年艰苦的有钱人，总是穿着木鞋来到巴黎的。

sabre
马刀

法国人愿意被马刀统治。

sacerdoce
圣职，神圣的职业

艺术是圣职。医学、新闻、公证也是——一般说来所有职业都是。

sacrilège
亵渎神明

砍掉一棵树便是亵渎神明。

saigner
放血

春天要放血。[1]

Saint-Barthélemy
圣巴托罗缪节

古老的谎话。[2]

Sainte-Beuve
圣伯夫

复活节的星期五，他只吃熟肉当饭。[3]

Sainte-Hélène
圣赫勒拿

以其岩石而闻名的小岛。[4]

salière
盐瓶

打翻它为不祥之兆。

1 西方古代医学认为，放血能治病或有利健康。

2 指一五七二年八月二十三日至二十四日凌晨发生的大屠杀。在王室授意下，天主教徒杀害了三千多名为庆贺纳瓦拉的亨利(后来的法国国王亨利四世)与瓦卢瓦的玛格丽特结婚而来到巴黎的新教徒。

3 Charles Augustin Sainte-Beuve（1804—1869），法国作家。复活节的星期天之前的星期五是耶稣受难日，这一天应该守斋。

4 滑铁卢战败后，拿破仑再次退位，被英国人流放到南大西洋的圣赫勒拿岛。他常在海边一块岩石上独坐。

salière

S

Gustave Flaubert

salon (Faire le)
（在）客厅（抛头露面）

文学家的起步，是展示才华的好机会。

salutations
敬礼

总是热情的。

santé (Trop de)
健康

过于健康，反而招病。

saphique et adonique (vers)
萨福[1]和阿多尼斯[2]式的诗行

穿插在文学随笔里，能产生极佳效果。

satrape
古波斯帝国的省区总督

荒淫的有钱人。

1 Lesbos Sapho（前620—前580），古希腊女诗人，同性恋者。

2 Adonis，希腊神话里的美少年，他与维纳斯的爱情是许多古典作品的题材。

saturnales

古罗马的农神节；纵情狂欢

督政府时期的节日。[1]

savants

学者

拿他们取笑。想当学者，只需要有好记性，肯下工夫。

sbires

打手，暴徒

铁杆共和派用来称呼警察。

science

科学

懂一点科学使人疏远宗教，懂多了使人回归宗教。

1 督政府时期（1795—1799）以金融投机家的奢侈淫荡而闻名。

Scudéry
斯居代里[1]

应该拿他取笑，但分不清他是男是女。

Sénèque
塞内加[2]

使用黄金书桌的作家。

serpent
蛇

全有毒。

service
效劳

拍打孩子的脑袋是为他们好；打动物也是为它们好；赶走仆人是为他们好；惩罚恶徒亦然。

1 马德莱娜·斯居代里（Madeleine de Scudéry，1607—1701），法国小说家。乔治·斯居代里（Georges de Scudéry，1601—1667），前者的哥哥，作家、戏剧家。

2 Lucius Annaeus Seneca（前 4—65），罗马政治家、作家、哲学家。他提倡艰苦卓绝的斯多葛派学说，但个人生活奢侈。

Séville
塞维利亚

因其理发师而出名。到过塞维利亚，死也甘心！（参见 Naples）

site
景点

宜于写诗的地方。

société
社会

其敌人：使之败坏的事物。

Sombreuil (Mlle de)
松布勒伊小姐[1]

再讲一遍血酒杯的故事。

1 Marie-Maurille de Sombreuil（1774—1823），法国历史上有名的孝女。她的父亲松布勒伊侯爵是荣军院院长，因企图保卫杜伊勒利宫被判死刑。临刑时，她哀求主持者宽免她的父亲，主持者答应，条件是她必须饮下盛在一个酒杯里的贵族鲜血，她做到了。

sommeil
睡眠

使血液变稠。

somnambule
梦游者

夜里在屋脊上散步。

soufflet
风箱

从不使用它。

soupers （de la Régence)
摄政时期的消夜

此时人们消耗的才智比香槟更多。[1]

soupir
叹息

应该在一个女人身边发出。

1 奥尔良公爵摄政时期（一七一五至一七二三年) 的社会风尚变得宽容，言论自由。参见 champagne。

somnambule

spiritualisme
唯灵论

最好的哲学体系。

stoïcisme
斯多葛主义

不可能做到。

Stuart (Marie)
玛丽·斯图亚特

怜悯其命运。[1]

suffrage universel
普选

政治学的最后关口。

1 斯图亚特家族自十四世纪起为苏格兰王室。一五四二年，詹姆斯五世死后，直系男嗣断绝，由他的女儿玛丽继承王位。一五五八年玛丽与法国国王亨利二世之子、未来的弗朗索瓦二世结婚，一五五九年成为法国王后。一五六〇年弗朗索瓦二世去世，玛丽返回苏格兰，受到改信新教的苏格兰贵族的敌视，于一五六七年被废黜，不得已投奔英国女王伊丽莎白一世，被囚禁十九年。由于企图推翻新教女王的天主教徒们拥戴玛丽为英王，伊丽莎白一世授意英格兰法庭对她进行审判，于一五八七年将她处死。

suicide
自杀

懦弱的证据。

sybarites[1]
骄奢淫逸的人

猛烈抨击之。

syphilis
梅毒

所有人或轻或重都会染上。

1 源自拉丁语 sybarita，锡巴里斯(Sybaris)的居民。锡巴里斯是古代意大利的城邦，其居民以骄奢淫逸而闻名。

T

Gustave Flaubert

tabac
烟草

专卖的烟草不如走私的。宜于坐办公室的人嗅闻。一切脑病与脊髓病的根源。

tabellion
旧时的公证文书誊抄人

用来称呼公证人更讨好。[1]

Talleyrand (Prince de)
塔莱朗王爷[2]

猛烈抨击。

tartane
地中海沿岸的单桅三角帆船

黑眼睛的希腊美人，请登上我的帆船。（浪漫曲）

taupe
鼹鼠

盲目如鼹鼠。其实它长眼睛的。

T

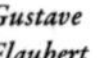

Gustave Flaubert

taupe

taureau

公牛

牛犊的父亲。bœuf [3]是它的叔叔。

témoin

证人

永远应该拒绝出席法庭当证人，谁也不知道会导致什么结果。

temps

天气

永恒的话题。各种疾病的普遍原因。总要抱怨它。

terre

地球，大地

地球是圆的，可是偏要说“四面八方”。

1 因其有古意。

2 Charles Maurice de Talleyrand-Périgord（1754—1838），法国政治家，其政治立场善变，历经各个朝代而不倒。有点像中国五代的冯道。

3 法语，英语 beef 的由来，公牛的通称。taureau 一般用于配种或斗牛。

T

Gustave Flaubert

thème

母语译外语的练习

在中学里是用功的证据，如同外语译母语出色是聪明的证据，不过在社会上应该取笑那些母语译外语出色的人[1]。

toilette des dames

（女士的）梳妆打扮

令人想入非非。

tolérance（Une maison de)

容忍之屋[2]

并非人们在其中持容忍态度的屋子。

tour

车床

雨天乡居，谷仓必备。

1 法语 fort en thème，用于贬义，指天赋差但死用功的学生。

2 妓院的委婉说法。

transpiration des pieds
出脚汗

健康的标记。

treize
十三

避免十三人同桌用餐，这会招致不幸。不信神鬼的人定要乘机开个玩笑：“这有什么关系？我一个人吃双份好了。”或者，如果有女人在，问她们中间是不是有人怀有身孕。

troubadour
行吟诗人

画在挂钟上的好题材。

U

Gustave
Flaubert

ukase
〈俄〉沙皇的敕令

用这个词来称呼任何专制政令，会使政府难堪。

université
大学

Alma mater.[1]

usum

此一拉丁语用在下面的句子里很得体：Ad usum Delphini[2]。谈到一个叫 Delphine 的女人时，总要说这么一句。

1　拉丁语，乳母。相当于我们常说的“母校”。

2　法国国王路易十四的儿子法兰西的路易读书时，专门为他编选了一部希腊拉丁经典作家作品集，其中删除了被认为“少儿不宜”的段落或句子。此书封面用硬印打上拉丁语标记 Ad usum Delphini（为王储所用）。后来，此一词组用于贬义，指所谓的“删节版”。又，女名 Delphine 的发音与 Delphini 几乎相同。

V

Gustave
Flaubert

vaccine
牛痘

只跟种过牛痘的人来往。

valse
华尔兹，圆舞曲

表示愤慨。淫荡、不洁的舞蹈，应该只让老女人去跳。

veillées
守夜

乡下的守夜合乎道德。

velours
天鹅绒

用在服装上，既高雅又显示财富。

vente
卖

卖与买，人生的目的。

ventre
肚子

有女士在场，要说“腹部”。

Verrès
威勒斯[1]

世人还没有原谅他。

vieillard
老人

谈到一次水灾、一场暴雨等等，要说本地父老从未见过那么厉害的。

vins
葡萄酒

男人之间的话题。最好的是波尔多，既然医嘱饮用。——酒的品质越差，越富天然成分。

1 Caius Licinius Verrès（约前 115—前 43），罗马行政长官，因在西西里贪赃枉法而出名。西塞罗曾在西西里人的请求下，对他提出控诉。

visage
脸

灵魂的镜子。那么说，也有些人灵魂很丑。

vizir
奥斯曼帝国的大臣

见到勋章的绶带就发颤。[1]

voisins
邻居

设法让他们白白为你效力。

voitures
马车

租赁比拥有合算——这样你就省去仆人和马带来的麻烦，马总是有病。

Voltaire
伏尔泰

学识浅薄。因其“咧嘴怪笑”而闻名。

1 言其渴望得到勋位。

V

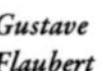

Gustave Flaubert

Voltaire

voyage
旅行

应该迅速完成。

voyageur
旅行家

总是勇敢的。

Gustave
Flaubert

Wagner
瓦格纳

听到他的名字要冷笑，并且对未来的音乐来几句戏言。

Y

Gustave
Flaubert

Yvetot
伊沃托[1]

到过伊沃托，死了也甘心！

1 诺曼底的一个乡村。十九世纪的法国歌曲作家贝朗瑞在《伊沃托的国王》中歌颂一个“懒王”，传唱一时。它当然不能与那不勒斯和塞维利亚相比，这大概是参观一个小村庄时要说的客气话。

译后记

Gustave Flaubert

译后记

Gustave Flaubert

十九世纪是工业革命的时代。随着资本主义在西欧各国大行其道，资产阶级意识形态跃居统治地位，功利和实用成为社会崇尚的价值。萨特在《什么是文学》中曾阐述十九世纪作家与资产阶级的关系。资产阶级把作家看成一种专家，不希望他如同在过去时代那样去思考社会秩序，只要求他阐述一些心理规律，让读者——主要是资产者——分享他对人的内心世界的实际经验。而由于写作的本性是自由，作家需要维护形式自由，这就产生矛盾。最优秀的作家拒绝与资产阶级合作，他们吹嘘自己斩断了与资产阶级读者的一切联系。但是他们的决裂只能是象征性的，因为只有资产者读他们的书，能够给予他们荣耀。当福楼拜宣布他“把所有思想卑下的人都叫做资产者”时，他其实为资产阶级效了大劳：他让人们相信只要简简单单接受一种内心纪律就能剥离自己身上那个资产者；只要他们在私底下练习高尚地思想，便能继续问心无愧地享受他们的财产和特权。[1]

萨特的看法是一家之言，过于概括，或许还有点苛刻。总之是，福楼拜晚年对世态愈加厌恶，讨厌公共事务、小市民习气和文场虚名。这种厌恶在他身上发展成愤世嫉俗。他一直想要用一部爆炸性作品来报复周围世界的愚昧与丑恶。

他准备了两年，阅读了大量资料，一八七四年八月正式开始写作《布瓦尔和佩居榭》，希望这部小说就是这样一颗炸弹。

小说的同名主人公是两个相交莫逆的公文抄写员。佩居榭得了一大笔遗产，两人便辞去工作，到诺曼底乡下买了一座农庄，自学各种学问，开办罐头厂，说了许

1 参看《萨特文集·文论卷》第一七九至一八六页，人民文学出版社，二〇〇五年。

多蠢话，遭遇不少挫折。最后他们心灰意懒，为了打发日子，重新干起抄写的行当。不过他们不再抄写公文，而是记录他们听到的，或者读到的，乃至在名家笔下遇到的种种不自觉的废话、蠢话，他们自己未必意识到这些话有多么乏味或愚蠢。

写作过程中，福楼拜感到困难越来越大，觉得自己整个身心都被两个主人公占据。“我变成他们。他们的愚蠢就是我的。”同时代著名的文学批评家蒂博岱先是指出，布瓦尔和佩居榭与包法利夫人、与《情感教育》的主人公莫罗一样，因其生性愚蠢，注定要在生活中失败。然后他补充说：“他（福楼拜）从他们的愚蠢本性引出一种与他自己的本性一样的批判本性。在把他自己变成他们之后，他把他们变成他自己。于是在他们的思想里发育了一种不妙的能力，使他们能看到愚蠢而且对之再也无法容忍。”也就是说，作者对主人公产生好感，把自己的想法赋予他们，从而背离了他们原初的形象。再者，在现实生活中，自足自满、没有独立见解的人并非到处碰壁。市侩的典型，《包法利夫人》中的药房老板奥梅先生就是一个成功人士。他事业发达，参与公共事务，最后得了荣誉十字勋章。

这部小说没有完成。一八八〇年作家去世后，人们在他遗留的档案中发现了没写出的最后两章的大纲，其中包括一部《庸见词典》。

编写《庸见词典》的想法，其实早于对《布瓦尔和佩居榭》的构思。一八五二年十二月十七日，他在给女友路易丝·高莱的信中写道：

"我又回到一个老想法：编一部《庸见词典》(你知道这是怎样一部书吗?)。序言尤其令我兴奋，根据我的构思，它本身就像是一本书，我在里头攻击一切，但是没有一项法律能因此找我的麻烦。这部词典将是对人们赞同的一切的历史性颂扬。我将证明多数永远有理，少数永远有错。我将把伟人送给所有笨蛋去糟践，把殉道者送到刽子手的刀下，而且用一种极端夸张的、火箭喷发一般的文体。比如说，在文学领域，我将证明——这很容易做到——平庸因为是所有人都能够得着的，才是唯一合法的。因此需要排斥任何种类的创新，认定它是危险的、愚蠢的……对于所有可能遇到的话题，人们将能在词典里按字母顺序，找到为在社会上做一个体面的、可亲的人而必须说的话。

“在整本书里，将没有一个词是出自我自己。一旦读了它，人们将再也不敢讲话，深怕会脱口漏出一句收入这本书里的话。”

这部同样未完成的词典没有作者曾预告的序言。也许《布瓦尔和佩居榭》在某种意义上就是它的序言。根据作者留下的片断，研究者编成这部《庸见词典》，一般附在《布瓦尔和佩居榭》后面。

福楼拜不能容忍的所谓庸见，是现成的见解、固定观念、多数人的看法，不假思索就作的结论、老生常谈。它们在多数情况下是废话，是大实话，因为你不说别人也知道，而且有人听了会烦；有时候它们是偏见和习非成是的谬误。此类话中有一句单独出现的时候，我们不会感到其平庸、可笑或愚蠢。一旦让它们集体亮相，我们才发现其实质。也就是说，这个时候，布瓦尔和佩居榭变成了福楼拜本人。

有些庸见可能是各个时代、不同民族

共有的；另一些则是某个民族在某个时代特有的。不过我们大多数人，或者说我辈凡夫俗子，对庸见容易习焉不察或容忍，肯定不如福楼拜那样敏感，乃至不共戴天。福楼拜本人出身资产者，但他以超越时代的文化精英自居，精神上脱离自己所属的阶级，毕生与平庸、志得意满的资产者为敌。此外，福楼拜是艺术家，最看重的是创新，尤其追求对文字的形式美，被认为是法国十九世纪最严格的文体家。据说他不能容忍在相邻的两页文字里两次出现同一个名词或形容词。写完一段话之后，他会在钢琴上检查这段话的节奏是否合适。这样一个人，对于人云也云的话头，想来除了对其内容，对其表达形式的平庸也会十分反感的。

我不知道在法国，读过这本书的人是否再也不敢讲话。我猜想，更多情况下人们会莞尔一笑：原来我也这样说过啊。然后呢，在社交场合，该说的该附和的，我们还得照说不误，依旧附和。最多在心里窃笑：怎么又说了。我又想到，每个时代，每个国家，或许都应该有人动手编一本类似的书。比如我们可以编一本当代中国的《庸见词典》。这本待编的词典，将对一般人和精英分子都有用。精英分子自当提醒自己避免发表类似的庸见，而一般人正不妨反过来，把它当作应付社交谈话的指南。有社交恐惧症的人，更宜常读此书，以便常有话说，尽管是废话、老话，乃至傻话。

施康强